TAKE
SHOBO

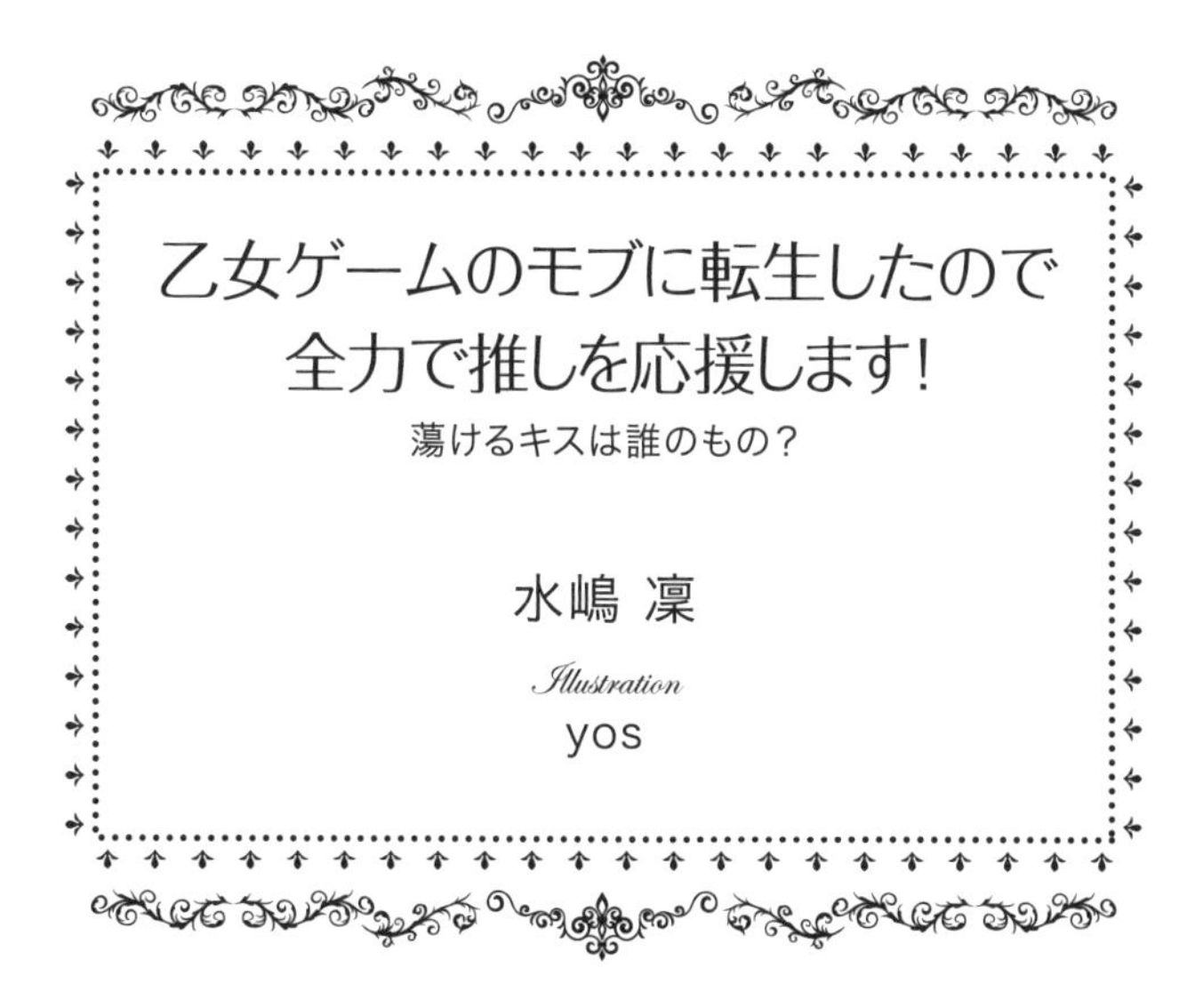

乙女ゲームのモブに転生したので全力で推しを応援します！

蕩けるキスは誰のもの？

水嶋 凜

Illustration
yos

contents

イラスト／ｙｏｓ

乙女ゲームのモブに転生したので全力で推しを応援します！

蕩けるキスは誰のもの？

序章　推しが婚約者とか聞いてません！

唐突に。

いや、熱中症みたいなもので倒れて目覚めたときだから、きっかけはあったといえばあったんだけど。

でも、本当に唐突に……思い出してしまった。

嘘(うそ)みたい、だけど現実だ。

その青い瞳を眼(め)に入れる機会は今までに何度もあったというのに。

まっすぐな銀色の髪も、それがさらりと音を立てる様も、馴染(なじ)んで久しい。

それらにうっとり見とれて、ドキドキと胸の鼓動が速くなったことだって何度もあった。

好き……そう、思い出す前から好きではあったんだけど。

けれど、唐突に理解できたのはそのときだった。

天啓って言うの？　まさにそんな感じの。

雷に打たれたような衝撃。

ジークだ！

どうしよう。ジーク……ジークハルトだよ。どうしよう!

ああ……ジークだあ……ジークが目の前にいるよ……。

わたしは怒濤のような勢いで襲ってくる記憶の奔流に押し流されそうになっていた。

わたし……今の名前は、マリア・ヘリング。子爵令嬢だ。

だけど、前は違う。

前……この世界に生まれてくる前の世界のお話。

唐突にそれを悟ってしまったわたしは、自分のことを怒ったような、呆れているような、それでいて、少し心配そうに見つめている彼の目を見ながら、ぽろりと涙をこぼしていた。

ううん、悲しいわけじゃないの。

嬉し涙……というか感激の涙だ。

だって仕方ない。

エイゼン侯爵家の次男である、貴公子ジークハルト・アシュリー・エイゼン……けれど、本来ならジークハルト・ローゼンハイムを名乗るべき彼。

身分的にも容姿……その他もろもろ不釣り合いすぎて、この先どうなるかは疑わしいのだけど、一応、名目上は親同士の決めた婚約者の間柄で、それなりに仲良く付き合わせていただいた彼は。

前世のわたし……しがないOLであったわたしが、唯一の趣味だった乙女ゲームで死ぬほど入れ込んだ、唯一絶対の推しキャラだったのだから。

「マリア？　やっぱり打ち所が悪かったのか？　医者を呼ぶか？　ただでさえ優秀とは言い難い頭がさらに鈍くなったら困るだろう」

そのまま、何も言わずにぽろぽろ涙をこぼしているわたしをみて、ジークが少々胡乱げな眼をして、わたしの頭を撫でた。

ひどい言われようだけど、手つきは優しい。

こういう人だとわかっているのでいちいち傷付いたりはしない。

むしろ嬉しい。

嬉しい……けどいたっ、痛いな、なにこれ。

やさしくさわられているんだけど、触れられるだけで痛いところがあるから、コブか何かできているようだ。倒れたときに頭を打ったのだろうか。

……が、今はそれどころじゃない。

何しろ推しだ。ジークなのだ。

「ひっ……」

あまりの事に、ちょっと理解が追い付いていなかったわたしは、ようやくそれに気づいて、ひゅっと息を呑んだ。

無理。

慌てて肘を使って上半身を起こし、彼から遠ざかろうと、ベッドの上でずり下がる。

「だ、だ、だ、大丈夫です。大丈夫ですからっ!……さわらないでっ……ください!」

勿論、嫌なわけじゃない。

推しにさわられて、あまつさえちょっとひねくれた表現ながら気遣われて、嫌なわけがない。

嫌なわけはないけど、キャパオーバーだ。

目の前に生ジークが居るだけでもムリみが強いのに、さわられるとか勘弁してほしい。

もうなんでもするから許してください!(なんでもするとは言ってない)。

ああああ、だからもう一人でノリツッコミしてる場合じゃなくて!

自分でもいいかげん混乱しまくっているそんな気持ちが相手に伝わるはずもなく。

ジークの目が獲物を見つけた猫のようにきゅっと細くなるのがわかった。

星の光を集めたような銀髪に、宝石のように深く煌めく碧色の瞳。

美女がもんどりうって逃げだしそうに整いつつも、男らしさもあり、ちょっとだけサディスティックなクールさの際立つ容姿の彼に、そんな表情をされると、美しいけどすごく恐い。

さながら雪の女王を怒らせたかのような……。

尊い。

思わず手を合わせて拝んでしまいそうなくらいうっとりしつつも、彼と付き合ってきた三年の月日、及び、生き物としての本能が、瞬時に我にかえらせた。

あ、やばっ……。

前世の記憶に目覚めたわたしと、目の前にいる人の扱いにそれなりに慣れているこの世界のわたしが同時に危険を察知する。

ゲームの中だろうが、こちらの現実だろうが、ジークハルトは見た目も性格もまったく変わってない。

同一人物だから当たり前と言えば当たり前なんだけど。

お気に入りが遠慮を見せたり距離をおこうとしたりすると、すごく怒るんだよこの人っ‼

待って。お気に入り？　ジークのお気に入り、わたしが？

マジか……と、うっかり頬が緩みそうになるけど、そんな場合でもない。

愛玩動物か馴染みの玩具程度には気に入られている自覚はあるけど、その分、怖いんです。容赦ないんです。

何かで彼を怒らせたゲームヒロインが、背中に太ったネコを背負わされながら腕立て伏せをやらされていたスチルを思い出す。

親密度はマックスに近かったのに、弱音を上げて脂汗を流すヒロインに、彼は綺麗に笑いながら、さらに課題を上乗せしていた。

……ああ、そういう人だったよなあ……。

でも好き。でも恐い。

相反する感情が、同じ強さで自分の中で嵐を起こしてるみたい。

「ほう……我が婚約者殿は、俺にさわられるのが嫌だと？」

ほらぁ……。

鋭い青の視線が、わたしを射抜く。

背中に冷や汗がにじむのがわかった。

い、一応、病み上がりだから腕立て伏せは勘弁してほしいな！

「そ、そういうわけでは っ……」

あわあわと震えて、言い訳しようとするわたしを見ながら彼が首を傾げた。

「そんなことはない？」

「は、はいっ……」

「そんなことはない、ということは、俺にさわられるのが嬉しいってことだね」

ジークは念を押すように尋ねてくる。

「は、はいぃぃぃぃ」

相手の迫力に涙目になってうなずくと、彼がにっこり笑った。さっきまで冷気が漂うようだった怒りのオーラが嘘のように霧散する。

だ、騙されたっ⁉

それに気付いて身をかわす間もなくわたしは彼の腕に捕らえられ、胸元にぎゅっと頭を押しつけられていた。

「捕まえた」

「ひっ……」

「君は相変わらず乗せられやすいな。俺以外を相手にするときはもっと自重してくれ」

あなたに一番、乗せられているんですけどぉ……。

「俺はいいんだよ」

顔色を読まれたのか、ジークが声に出さなかった抗議を一刀両断に切り捨てる。

「は、はい……」

やっぱり変わらない。俺様キャラだぁ……好き。

リーダー気質でカリスマ性があって、根本的には本当に真摯で優しい人。

でも、日常生活とかだと、ちょっと独善的とか高慢なところもあるというので、ファンの間で親しみを込めて〝美しすぎるジャイアン〟とか呼ばれていたのを思い出した。

もちろん、怒らせると恐いって意味も含まれてるよ！

恐い、でも好き、だけど、やっぱり恐い――。

複雑な胸中を抱えて硬くなっていると、ジークが、わたしを胸に抱えたまま、髪をわしゃわしゃと、かきまわしてきた。

無造作だが可愛（かわい）がられている……ような。

ひぃん、嬉しい、嬉しいけど、やっぱり飼い犬かなんかみたいに扱われている気がする！

ふうっ…と小さな吐息が彼の唇から漏れる。

「心配した」

「……ごめんなさい」

え、何それ、なんでそんな声出すの。

心から安堵したような、切なげな声。

それをわたしが出させてるの？　ジークに？

マンガだったら、きゅん、って効果音が背景に描かれてたと思う。

なんなの、デレ？　デレなの!?　ジークの貴重なデレ!?

「日頃、丈夫なだけがとりえなくせに、孤児院の慰問に行って、日差しが強くて倒れるとかまるで貴族令嬢じゃないか」

「………」

そうでした。

嵐のような情動がやっと少し落ち着いてきた。

前世の記憶が蘇っていっぱいいっぱいで、失念していた倒れる前のことをようやく思い出したから。

わたし、倒れちゃったんでしたね。

正確には、元気いっぱいの子供達にせがまれ、真っ昼間、全力の鬼ごっこに長時間、付き合わされてさすがに体力が尽きた、という感じだけど。

貴族令嬢どころか、元気な平民女性でも、たぶんちょっときつい。

むしろ、座り仕事ばかりで、冷え性だったＯＬ時代を思えば、たくましくなったものだと思う。

それはそうと、聞き捨てならないことを言われたので反論はしておかないと。

ジークの胸に頭を預けたまま、上目遣いに相手を見て抗議する。

「い、一応、貴族令嬢なんですが……」

「そうだったかな。あまりにもそれらしくないんで失念してたよ」

くくっと、喉の奥で笑われるのを感じる。

皮肉っぽい物言いには慣れている、というか生まれる前から馴染んでいたのでなんとも思わない。

生まれる前からだった、っていうのはたった今、悟った衝撃の事実ではあるんだけど！

生まれる前のわたしも、今のわたしも、彼の声が大好きだった。

その奥にひそむ優しさだけを感じ取れる、深く心に響くようなテノール。

わたしのジーク、ジークハルト……。

あ、だめ……。

また、涙腺が緩んできちゃった。

そうなんだよね、プライド高くて、容赦なくて、目的のためには誰よりも冷酷になれるくせに、一度、懐に入れた存在にはとことん甘くて情が深い……大好き。

彼の心臓の音が脈打っているのを感じる。

好きになったのはもちろん、出会ってから知った性格とか挙措（きょそ）とか全部ひっくるめてだけど、一目会ったときから、顔とか声とかがドストライクだったのは、今にして思えば当然だった。

だってジークなんだもん。一回や二回、転生したくらいじゃ変わりっこない……。

そこまで考えたところで、はっと気付いた。

今、自分は、そのジークに抱き寄せられて、胸に顔を埋めていたりしている。

さらに心配、した、とか……言われているわけで……。

名前も呼ばれた。それも呼び捨て。いや曲がりなりにも婚約者だから当然だけど。

待って、婚約者? 婚約者ってわたしが? ジークの?

「ムリ……」

後から後から実感として認識されてくる現実に、動揺しっぱなしで落ち着く暇もない。

それもジークハルトに抱きしめられたままだ。

「マリアっ!?」

愛(いと)しい推しのあせったような声を遠くに聞きながら。

わたしは嬉しいやら恥ずかしいやらで、真っ赤になったまま、再び気を失ってしまった。


『創世のクラウディア』、というのが、わたしが前世ではまっていたゲームである。

プレイヤーキャラでもあるクラウディア……主人公の少女が、複数のイケメン男性とかかわり、会話したりイベントを一緒にこなしたりしていくことで親密度が高くなり、最後に特定の相手と結ばれる……俗に「乙女ゲーム」と呼ばれるものの中でも「恋愛アドベンチャー」と言われるものだと思う。

恋愛の他にも大きなストーリーがあって、分岐だの伏線回収だのが凝っており、進めていて面白い、グラフィックや音楽の出来がよいのもあって、人気があった。

もちろんわたしも大ファンの一人。

持ち運びできる小さなゲーム機を使い、自分のペースでちまちまと進められるのもありがたく、主に通勤の電車の中でやっていたのを覚えている。

そもそも、わたし、なんで死んだんだっけ、確かまだ若い、といえる年齢だったはず。

結婚したいな……でも相手いないなーとか考えていたのは覚えてるけど。

うーん……？

頭を捻るけれども、そのへんは曖昧だ。

どういう名前だったかさえ思い出せない。

たぶん、交通事故か何かだった気がする。

死ぬのは痛かったんだろうし、はっきり思い出さなくてもいいかな？

もう取り返しのつかないことだし、今はマリアとして生きてるんだし。

そもそも「前世を覚えている」ということ自体が、特殊なのでそういうものなのかもしれない。

前の世のことは、長い夢か何かのような感じがする。

でも、不思議とゲームの内容はよく覚えている……ジークハルトのことも。

そんな感じで。

意識を失っている間、わたしは夢のような、現実のようなふわふわした空間で考えを進めていた。

ゲームのヒロインは、タイトルどおりのクラウディア。

平民出身だけれども豊富な魔力を買われ、一代限りの男爵位を付与されゲームの舞台となる魔法学院に奨学生として入学してくる。元気いっぱいの女の子だ。

侯爵令息のジークハルト……ジークと恋愛できるルートは、「メインシナリオ」と呼ばれるシナリオをひととおりクリアして、さらに四人の攻略対象の恋愛エンドを見た後でしか出てこない。目玉的な「隠しキャラクター」ってこと。

それというのも彼は、攻略キャラの中でも特にメインヒーローっぽい位置づけである、王太子レオンハルトの隠された異母兄なのだ。

最初にクリアするノーマルっぽいルート、及びレオンハルトのルートでは、いわゆる「ラスボス」にあたる敵側として出てくる人物でもある。

ジークが悪いわけじゃなくて、特殊な生い立ちと、それを後から知ったときの苦悩に追い詰められたあげく、〝魔障(ましょう)〟に意識を乗っ取られたせいだけど！

『創世のクラウディア』の世界では、基本、人間は皆、魔力を持っていて、食料の煮炊きや灯(あか)り、乗り物の動力等、前の世界では電気やガスが担っていたことは皆、魔法でこなしている。

貴族や王族には特に強い魔力があり、それを行使して、民人を導いたり、国を守ったりする。

〝魔障〟というのは、実体を持たない悪霊みたいな存在で、人間に害をなすものだ。

基本、目に見えないけど、濃度が濃くなると、黒い靄(もや)みたいに見えたり、動物や鳥の形を取ることもある。

わたしは直接見たことはないけど、ゲームの中はもちろん、こっちの世で、記録映像みたいなので見せてもらったことはあったりする。

普段は〝悪魔憑き〟みたいな形で、人間に憑依して異様な言動をさせたり、生きている動物に取り憑いて暴れたり、実体のないまま屋敷に居座ってポルターガイストみたいな騒動を起こすだけなんだけど、二、三百年に一度この世に現れる〝特別な悪意〟と呼ばれるものが特に恐ろしい。

それに取り憑かれた人間は一見、普通らしく振る舞いつつ、世界を破滅に導こうとしてしまう。〝特別な悪意〟に憑かれた人は〝魔王〟とか〝闇堕ち〟と呼ばれて恐れられ、歴史書に残ってたりする。

ほんと二、三百年に一度、なんだけど確実に現れてこの世に危機をもたらす大災害みたいな扱いだ。

取り憑かれた人間は、初期に気付いて払うことができたら助かることもあるけど、たいがいは手遅れで滅ぼされてしまう。

最後の真シナリオに辿り着くまでのいくつかのルートは、基本、その〝魔障〟に憑かれた人物がラスボス扱いになっていて、ルートによって変わってくる。

まあジークのケースが一番、多かったんだけどね！（怒）

彼はその出自から王太子に匹敵する魔力を持つので目茶苦茶強いし、インパクトもあるしで。

ゲームの展開に都合がよかったんだろう。

ジークは元王妃であった母親が罪を犯し、貴人用の牢に投獄された後に産まれたけれど、そのことは公には公表されず、ひそかに侯爵家に養子に出された。

いわゆる〝存在を抹消された王子〟だ。

一部の関係者以外、ジークが王子であることは知られていない。

だけど王太子でメインヒーローのレオンハルト――長いから彼のこともレオンって呼ぶことにする――は、ひょんなことからそれを知るようになり、自分の兄であり、学業も魔力にも秀で、為政者としての資質を持つ彼にずっとコンプレックスを抱いていた。

ゲームの中でもだけど、今現在もジーク、魔法学院で生徒会長やってるもんね。公爵令息とか、王族もいる中で。

出自が知られていなくても、凄いってみんなに認められている。

対して王太子のレオンは、どこにいっても〝王太子〟という目で見られるがゆえに、彼個人の能力の高さとか人徳等は正確に測りにくい。

レオンハルトルートは、彼がそのコンプレックスを乗り越えていくルートだった。

彼の身分を問題にすることなく純粋に慕ってくれるヒロインや信頼できる友人や仲間を得た彼はどんどん生来の太陽のような魅力やカリスマ性を発揮していく。

魔障に乗っ取られ、救いようも無く闇堕ちしていたジークは、彼とヒロインのクラウディア。そしてその仲間達によって討ち滅ぼされる。

レオンのストーリーは感動的だし、彼も格好いいんだけど！

ゲームをやっていた身からすると、途中、魔障に自我が乗っ取られていくのに苦悩するジークのスチルとか、回想シーンで出てくる乗っ取られる前の誠実な彼とかが、ともかくツボで！

ラスト、鍛えに鍛えたチームで連携してようやく、目茶苦茶強い魔王ジークを倒すんだけど、もう涙なしではプレイできなかった。

最後に一瞬、正気を取り戻してレオンハルトに急所を教えるのとか！　滅びる寸前にレオンのことを弟、って呼んで、後を託すのとか！

もういろいろ卑怯なんですけど。

次々に蘇ってくる思い出にまた泣き出しそうになって改めて自分の気持ちを確認した。

文字通り、「魂に刻まれる」くらい彼のことが好きだったのだ。

初めてエンディングを迎えたときは、レオンとラブラブになったのもどうでもいいくらいに脱力してたもん。

会社も有休使って休んだりした。

突然のことなので上司がぶつぶつ言ってたけど、いつもは気になるそんなこともどうでもよかった。

そこから少しでもジークの他の顔が見たくて、他のキャラの分岐をいろいろたどったの。

ジークの登場はもちろん、噂話とか、これジークのことかな？　みたいな情報も残さず拾い集めようとしていた。

攻略キャラなんてそっちのけで、ジークの残したものとか想いとか少しでも掴みたくて。

そんななかで、ジークのルートが開いたときは夢かと思った。

ネタバレは嫌で、そんなルートあるの、知らなかったから、尚更。

全キャラクリアして初めて出てくる新規ルートで、ゲームヒロイン、クラウディアは、ようやくまだ魔瘴に乗っ取られる前のジークハルトに出会うことができる。

平民出身であり、相手の身分をあまり気にしない真っ向勝負のヒロインにジークは心を開き……魔瘴の誘惑を撥ねのける。

結果、彼とは違う人物に憑依した強大な敵に、異母弟レオンハルトと共闘して立ち向かい、討ち滅ぼすのだ。

そこから行動次第でジークとの恋愛ルートになったり、大団円ルートになったりする。

元々、ラスボスとして敵対していた頃から好きだったジークだ。

言葉を交わしたり、一緒に買い物に行ったり、魔力を制御する特訓に付き合ったり、彼にまつわるいろいろな真実を知ってもっともっと好きになった。


だけどあれはゲームだよね……この世界は一体?

パラレルワールドってやつなの?

だって前世は前世。今、生きているこの世界こそが現実だと、実感としてそう感じている。

自分の生涯となると、なんだか夢を見ていたような気がする前の世に比べて、小さいときの思い出……嬉しかったことや辛かったこと。そのときの感情。失敗して怪我(けが)したときの痛みとか、生々しく思い出せるもの。

ちょっと落ち着いて整理してみよう。

表向きの家柄とか性格とか、ジークについての情報は、前世のゲームの設定そのまま。

国や世界のありかた、魔力や魔瘴のこと、王太子がレオンハルト、っていうのも同じ。

ゲームの舞台である魔法学院もちゃんとある。ジークが生徒会長をしてる、主に貴族が集う学校。わたしも既に入学することが決まっている。

来年の九月に入学するわたしは、ジークハルトの二学年後輩で、レオンハルトと同学年になる……はずだ。

これから……どうすればいいんだろう。

この世界のわたしは、ジークが王子であることは知らなかった。

けれどお父様の態度や、ジーク自身が時折、見せる影から、彼が何か大っぴらにできない事情を抱えていることはなんとなくわかっていた。

今の侯爵たちは義理の両親で、身よりを亡くして養子になったってことは先に聞かされてたし。

三年前、お父様から婚約者として彼を紹介されたけれど、年若いうちに婚約することも、それが状況によって、なかったことになることも全く珍しくなかったので、あんまり本気にしていなかった。

まあ他でもないジークですから？　外見も内面も、好みドンピシャなので、このまま結婚できたらいいなーぐらいは、思ってましたけどね！

世の中にそんなにうまい話はそうそうない。

侯爵家の次男とはいえ、彼の家は伯爵位も持っていて、ジークが継ぐことになってるし、わたしと結婚したら、うちの子爵位も彼のものになるとはいえ、我が家はめぼしい財産もなく、領地も土地が痩せていて豊かとはいいがたい。

身分だけみても釣り合いが取れているとはとてもいえない。

その上、将来性もあって、超ド級の美形。

なんだかよくわからない事情持ちとはいえ、それを乗り越えて結婚したい令嬢とか、婿として迎えたい高位貴族とか山のようにいるはず。

わたしとの婚約は、おそらく彼に相応しい相手が見つかるまで、次々に持ち込まれる断りにくい縁談をしばらく遮断するとか、そんな感じで。

そう思っていたけれど。

それでもしばらくは、彼の特別で近くに居られるっていうだけで、凄く嬉しかったし、ラッキーだと思っていたけれども！

前世を思い出した今では、ラッキーどころの騒ぎではない。

だって生ジークハルトだもの。今日は、衝撃のあまり堪能できなかったけど、これからもしばらくは、近くで眺められるし、声も聞けるし、話しかけてもらえるし、さわったりも……あるかも？

なんて贅沢。このためだけに転生したと言われても、すごい幸運だ。

神様に感謝しないと……。

わたしは小さく溜息（ためいき）をついた。

本当に贅沢、だから。これ以上を望んだら、バチがあたるよね……。

ジークの傍に居られて存在も認識してもらって、飼い犬みたいな扱いだけど優しくされて。

前世の自分だったら、今のわたしをひっぱたいてなじってると思う。この幸運な状況で、不満とか何様のつもりだって。

わたしだって、心のどこかでは、まあそうよね、とは思っているのだけど。

夢ともなんともつかぬ場所で、わたしは、つん、とくる痛みをやりすごすように上を向いた。

でも、わたしは、前世の何とかさん、じゃなくてマリアだから……。

名目上の、たぶん間に合わせの仮、とはいえ、ジークの婚約者だから。

ほんのすこしくらい、悲しく思うくらいは許されるはずだ。

誰も見ていないところで、ちょっとせつなくて泣いてしまうくらいは。

なぜなら。前世の記憶を探って、深い諦めと共に、理解したこと。

わたしは『創世のクラウディア』では何の役割もない。

ヒロインのクラウディアはもちろん、〝悪役令嬢〟だとか、脇キャラとして主役達を助けるとか、アドバイスをくれる名サポートであるとか……。

そんなことは何一つ。

ありふれた茶色い髪に、ありふれた緑色の目。

顔立ちも不細工ってほどでもないけど、とりたてて綺麗でも可愛くもない。

こんなキャラクター、ゲーム本編にはいなかった……はずだ。

強いて言えば、あれに似ているような気がするんだよね……いや、まんまかも？

わたしは、だんだん鮮明になってくる記憶に額を押さえた。

そうかも……しれない。

何度も何度も同じ立ち姿とか、驚き顔とかの限られたスチルのみ用いられ、時に攻略対象に黄色い声を上げたり、時にヒロインに意地悪をしたり、時には好意的な評価を与えたりする存在。

立場がいろいろなのは、彼女が名前もなく、ただ〝その他大勢〟とか〝生徒一般〟の声を代表する記号的な存在だから。

別名を〝モブ〟という。

わたしは前世、はまっていた乙女ゲームの〝モブ〟に転生してしまったらしかった。

第一章　推しの幸せのために尽力することを誓います！

二度目の気絶からは、わりとすぐに目が覚めた。

ジークはそれまで付き添ってくれて、お父様に夕食を共にと勧められていたけれど、何やら侯爵家から使いが来たとかで、丁重に断りを言って、帰っていってしまった。

ちょっと残念。

今日は大人しくしているようにって、きつく言い含められた。

基本、面倒みが良い人なんだよね……。


彼に初めて会ったときを思い出す。

あのときは、社交界デビュー前で、気取らなくていいというので、締め付けの緩い簡素なドレスを着ていて来客の前に出ていったし、お父様もそれでいいとばかりに、特に注意もしてくれなかった。

「お父様」と声をかけても、うん、ああ、とか生返事をしながら、ざっくばらんに楽しそうにジークと話していた。

わたしの家は、貴族としては使用人も少なく、社交も控えめなささやかな家だ。

淑女として最低限の教育は受けてはいたものの、侍女がいなくてもわりあい一人で何でもできるし、贅沢も特にしたいと思わない。

前世はもう完全に庶民だから当然といえば当然だけど。

だって、わたし付きの専属の侍女はいなくても、家には執事とか料理人とかメイドさんとか数人はいて、大変なとき（舞踏会用のドレスを着るとか！）は手伝ってくれる。

住んでいるところも貴族の館というにはちょっと小さい。でも使ってない部屋が八つもあるお屋敷だ。お客様を泊める用の部屋も含めてだけど。

高位貴族のお屋敷のようなダンスホールはなくても、ぎっしり本が詰まった書棚が並んだ図書室もあって、読書好きには最高の環境。

わりと近くに設備の整った王立図書館もある。

特権階級だね！

貴族にしては、という枕言葉がつくだけで、庶民の感覚からすると十分豊かだ。

魔法もあるので、電化製品の代わりみたいなことはだいたいできるし。

前世の記憶こそなかったものの、庶民意識みたいなのは根底にあったのかもしれない。

わたしは現状に不満も疑問もなく、のほほんと暮らしていた。

お母様が病気で早くに亡くなってしまったこともあり、お父様に目一杯の愛情をもらい、可愛がられて育ったし。

が、今にして思えば、ちょっと他の家の子より、雑に成長してしまった気はする。

時々、仲のいい貴族の令嬢や、そのお母様から、常識知らずを指摘されて、たしなめられたりもしていたから。

一人でだいたい何でもできるとはいえ、貴族のお嬢様としてはやっちゃいけないこととか、やっちゃいけない場面とかあるらしくて。

それでも、そういうの陰で笑ったりせずに、注意してくれる友達がいるのって恵まれている。

そんな感じで。

なんというか立場を飛び越えて望まれるような能力とか容姿とかもないし、結婚は無理に貴族の中から探すんじゃなく、爵位の欲しい裕福な平民の方がいいかも？　代わりにお互いに好意を抱いて支えていける関係になれたらいいかも？　とか漠然と考えていた。

父とか、交流のある親戚にもそういうことを匂わされていたしね。

そんな矢先に現れたのがジークハルトだ。

同年代の男性だとはいえ、わたしはお父様の交友関係か仕事関係の人だと思い込んで疑いもしなかった。

まあ一目見たときからすごく綺麗な人だって思ったし！　声も素敵なんでうっとりしてたけど！　それはもうアイドルとかを見るときの感じと同じで。

ジークはそのとき既に中肉中背のお父様より頭一つ高く、すらりと細身だけれども頼りない感じはせず、それこそ童話に出てくる〝王子様〟に似ていた。

この国で青系の目は珍しくはないけれども、彼のように澄んでいて深い青は珍しい。輝く銀髪。よく通る美しい声。

恋愛ごとにはうとくても、わたしもそれなりに夢見る乙女なわけで、目の前のさわれそうなところで、そんな完璧な王子様っぽい存在を見ることになったのだから、ぼうっとなるくらいは仕方ないというものだろう。

何やら楽しそうに彼と話していたお父様が、わたしの方を振り返ってこう言うまでは。

「マリア。彼がお前を将来、お嫁に欲しいというのだが、承諾してもいいかね?」

「え……?」

驚いて目を見開くわたしに、彼は苦笑して言った。

「子爵……そんな猫の子をやり取りするみたいな言い方は」

「素の頭はそこまで悪くないと思うんだが、ちょっと鈍いところのある子でね。このくらいはっきり言った方がいい」

「そう言われましても……」

言いながら、ジークハルトは大人の貴婦人にするみたいに、わたしの前に跪いて手を取ってくれた。

「言い方はあれだが、まあそうですね……マリア嬢。わたしはジークハルト・アシュリー。エイゼン侯爵家の次男で、バルト伯爵位をいただく予定です。今は約束だけでいい。将来、わたしの妻になってもらえますか？」

「………」

いきなりですよ。

王子様が目の前に来るのも、自分に跪かれるのも、目茶苦茶衝撃的なのに、なにこれ。

わたしは頭が真っ白になってしまって、どう答えたらいいかわからず、おろおろしてお父様とジークの顔を交互に見ていた。

お父様は重々しくうなずく。

「まあ、年月が経てば気が変わるかもしれんしな。今の気持ちだけでいい。マリア。彼の奥さんになってもいいと思うかね？」

改めてまじまじと相手を見つめた。

さっきからこっそり見とれていたくらい、すごくすごく綺麗な人だ。

整いすぎて少し冷たい感じもするけれども、今、わたしを見つめる目は温かい。

口元も、少しだけ綻んで優しく微笑んでくれている。

綺麗なだけでなく、すごく感じがよかった。頭も良さそう。

でも侯爵家の人で……伯爵位を継ぐ人で……こんなに綺麗なのにわたしでいいの？

今よりも幼かったとはいえ、当時でもそんなうまい話がそうそう転がっていないものだと悟るくらいには、世間を知っていた。

わたしはなけなしの知恵を絞って考えた。

たぶん、きっと、これは〝仮〟の婚約ってやつだわ。

知人で男爵令嬢のアンスリアも、幼い頃からしていた約束を一方的に反故にされたって嘆いていた。

一方の家格が低ければ、そしてなんというか、社交界で発表したり、もしくは王族に紹介されたりというような〝既成事実〟がない間なら、内々で決まっていた婚約はもろい。

家格の高い相手の胸先三寸でなかったことになるようなものだ。

わたしは再びお父様の顔をうかがった。

お父様は、なんというか、普通の顔をしていた。

娘が高位貴族に縁づくのが嬉しい、というふうでもなく、逆に不憫な娘が高位貴族に利用され棄てられそうな未来を哀れむって感じでもない。

しいていえば面白そう?

これはどうなるんだろうな。別にどっちでもいいけど、みたいな。

伊達にお父様の娘を何年もやっていない私は、そう理解した。

これは〝仮〟で……将来、なくなってもおかしくはないけれども、そのまま成就してもおかしくない。少なくとも、今の時点で反故にするのが確定ってわけではない。

元々、娘を使って出世しようって人でもないし、ことさら反対せずに、わたしに決めさせるってことは、将来はどうあれ、今現在は相手に、わたしを利用しようとか捨てようとかいう意図はないってことだろう。

ジークからも、そういう相手を下に見ている感じはまったく受けなかった。

だったら……いいんじゃないかしら？

この先、どうなるかはともかく、〝今、現在〟の気持ちを聞かれたんだし。

今、この人のお嫁さんになりたいか、と聞かれたら現実味はないけれど答えはイエスだ。

そんなうまい話が……という考えはともかく、なれたらいいな、とは思う。

彼にも正式に申し込まれたし、ここは素直になっておくべくだろう。

わたしはドレスの裾を摘んで、習い覚えた正式なお辞儀をした。

「わたしで良ければ、喜んで」

そうして、彼とわたしは正式な婚約者となったのだ。


とはいえ、彼には今、名目上の婚約者が必要なだけで、婚約破棄の必要が出るか、万一、そのまま結婚にこぎつけるような事態になっても、時期が近くなるまでは交流はないだろう……。

そう思っていたわたしの予想はあっさり裏切られた。

ジークは何かと言えば、家に訪ねてきた（半分くらいお父様に会うのが目当てぽかったけど）し、デートと称して、買い物に連れていってくれたり、ピクニックに一緒に行ったりした。

社交界デビューのときも、もちろん、彼がエスコートだ。

予想通りというべきか、彼に憧れているらしき多くの令嬢達に凄い目で睨まれたり、こそこそと陰口を叩かれたりはした。

ジークがずっと傍にいてくれて、ドレス姿を褒められたり、一緒にダンスを踊ったりすることに胸がいっぱいで、あまり気にならなかった。

それまでは一応、「ジークハルト様」って呼んでたんだけど、デビューを機にもっと気安く呼ぶように言われ、「ジーク様」になり、「ジーク」になった。

彼も「マリア嬢」って呼んでたのが「マリア」になった。

お互いに呼び合う練習をして、なんだかくすぐったくなって笑ったのを覚えている。

習い事を見てもらうようになったのもこの頃だ。

というより、監視されるようになった、が近いかもしれない。

わたしは読書好きなのもあって、勉強自体はそこまで嫌いではないんだけど、ピアノとか刺繍とか、令嬢らしい習い事がちょっと苦手だった。

ピアノの先生は、わたしみたいなさほど権力のある家の令嬢でもなく、ピアノの才能もない子に付き合うのは面倒だ、という顔を隠しもせず、よく使用人にそう愚痴っていたし、刺繍の先生は気むずかしくて、ちょっとしたミスでも厳しく指摘してきた。

父も『しっかりやりなさい』というばかりで、たいして気にしてくれなかったのも理由かもしれない。

それを何かの拍子に愚痴っぽく言ったら、ジークは少しだけ顔をしかめた。

『俺の妻になろうという女性がそんなことでは困るな』


あのときはちょっと驚いた。

基本、ジークは優しく、本を読んでいてわからないことを聞いてもバカにしたりしないで丁寧に教えてくれるし、むしろそんなことに興味を持って偉いとか褒めてくれることが多かったから。

この頃には彼もだいぶ地が出てきて、さっきみたいに『優秀とは言い難い頭』とか『丈夫だけがとりえ』とかの皮肉っぽい言い方はされたけれども、親しみのある軽口だったし、実際、ジークと比べられたら『優秀とは言い難い』は厳然たる事実だったので、気にならなかった。

わたしが本当に気にしてないのをよく見極めて言っているのがわかったし、そもそも親しくない相手には完璧にネコをかぶって丁重な応対をする人なので、それだけ彼に気安くされている感があって、ちょっと嬉しかったかな。

話を戻すと、ともかく言い方がどうあれ、そこまで真っ向から勉強とか習い事に関して彼に批判されたことがなかったのだ。


『やっぱり、わたしみたいに家柄もいまいちで、容姿や才能も並かそれ以下の令嬢だとジークの婚約者にはふさわしくない？』

ちょっと拗(す)ねてそう言うと、怒ったような顔の彼に額をつつかれた。

『極端だな。誰もそんなことは言っていないだろう』

『だって……』

『本音を言うとね。俺は君のピアノや刺繍の腕がどうでもあんまり気にしない』

『え……でも』

『でも君が大人になって、出ていかなければならない世界は違う。俺はよくも悪くも目立つし、君は意地の悪い貴婦人達から、いろいろと観察され、粗探しをされて品定めされるだろう』

『ジークが、いい家の令息で、格好いいし、能力もあるから?』

『まあそうだね』

悪びれもせず肯定して、彼は紅茶を一口すすって目を見開いた。

『美味いな。また腕を上げたね』

『ありがとう』

紅茶の葉を厳選して、美味しく淹れるのは好きなので、嬉しくなる。

自分に対して絶対の自信がある代わり、人のよいところも目ざとく見つけて、率直に褒めてくれるのも彼の好きなところだ。

『家柄だの容姿だの、俺はそもそも君になんの不満もないし、そんなところで君を侮辱するものがいたら容赦はしない』

『お父様と雑談のついでに婚約を決めたくせに?』

そうなのだ。

最初、「猫の子をやり取りするみたいな」とか言っていたが、よくよく聞いてみると、わりとそんな調子で決まったらしい。

どこかの宴の席で、小麦の品種改良の話で盛り上がったついでに、そろそろ婚約をと周囲がうるさいが、あまり有力な後ろ盾は邪魔なだけなので、一応貴族ならそれでかまわないから、のんびりした安らげるような子がいいと語ったジークに、お父様が「それならうちにも一人いるが」とかなんとか。

有力な後ろ盾が要らないっていうのは、それがあると自分の実力が評価されないから、だそうだ。ジークらしい。

ちょっと拗ねる感じでなじってみても、ジークはどこ吹く風という調子で受け流した。

『それは単なるきっかけだろう。その後、君自身についてもいろいろ見たり聞いたりして決めたし、実際に付き合ってみて、やっぱり君がいいと思ったんだ』

綺麗な顔でしれっとそんなことを言う。

『……自分的に好ましいと思えれば、ものすごい美人である必要はないし、家柄は、言ったとおり、派手でないのがむしろありがたい。ヘリング子爵も信頼できる人物だしね』

『………』

美人じゃないのはそのとおりだから言い返せないけど、面と向かって言うのはどうかと思う。

反応に困るじゃない。

美人じゃない……けど好ましい、って好きってことよね。でもでも。

わたしが笑っていいやら怒っていいやらで百面相をしているときに、ジークは真顔になって言った。

『けれど、君の努力でどうにでもなることが、君の怠慢で不十分だったりしたら、弁護するのに困る』

『努力したって、才能がなくて、たいして上手くならないかもしれないのに？』

『そんなのは、とことんやりつくしてから初めて言える言葉だね。そうでなければ、怠ける言い訳にしか聞こえない』

ジークは手でもったティーカップを上げてみせた。

『紅茶を淹れるのだって、最初から上手かったわけじゃないだろう？　それとも才能があったのかい？』

『それは……好きなことだから』

『好きだからやれることなら、好きなもののために努力はできない？』

『好きなもの……？』

彼は、意味ありげな目つきでわたしを見た。

『君は俺のことを好きだと思ってたんだけど、勘違いだったかな？』

『…………っ!?　知らないっ！　ジークのバカっ！』

赤くなって罵ったけれど、彼は楽しげに笑うばかりだった。

そう、一目惚れも一目惚れだけど、付き合えば付き合うほどジークのことが好きになっていた。

今にして思えば推し……だったのだけど、それとは別に。

それを彼にもしっかり知られてしまっているの。


それからは苦手な刺繍もピアノの熱心にやるようになった。

ジークはその成果を見て、上達が見えると熱心に褒めてくれた。

そのうち、レッスンを見にくるようになると、刺繍の先生はそのままで、ピアノの教師には暇を出して新しい人を紹介してくれた。

新しい先生は、わたしがとろくても根気強く教えてくれて、教え方がわかりやすく、ピアノのレッスンは前よりずっと楽しくなった。

刺繍の先生はジークがそのままにした意味を考え、話をよく聞くようにすると、だんだん好きになってきた。

ピアノの先生と違い、彼女は厳しいけれどもよくやったら評価してくれるし、教え方も正確だ。

わたしがついていけないときも、よく勉強した上で質問したらきちんと答えてくれて、そのうち、わたしのペースを呑み込んだのか、うまく付いていけるように指導してくれた。

おかげで今ではその二つも目に見えて優秀、というほどではないけど、そこそこ上手にこなせるし、マナーや勉強も上の下程度にはできる。

魔力もそこそこ。土属性で、治癒が得意だ。

ジークは水属性。氷を操るのがもはや芸術的で、学園でも一目おかれているという。

……そんなこんなで、自分の学園入学を目の前にしたそんなとき、前世を思い出してしまったのだ。


ちゃんと現実世界で目を覚ましてからも、昼間倒れたから大事を取るようにジークに言われたと、夕食と湯浴み（ゆあみ）を終えたあと、すかさず執事のセワスに寝室に追いやられた。

再び、ベッドに逆戻りさせられても、すぐには寝付けず、悶々（もんもん）と前世と今のことを考える。

――ジークと結婚できないのは仕方ない。最初からわかっていたことだし。

元々過ぎた縁で、過ぎた人だった。今まで親しく付き合えただけでラッキーだ。

前世とは違う、今あるわたしの心のどこかが、きしんで悲鳴を上げているけれど、諦めなければならないことはある。

モブとゲームのヒーローは結ばれないもの。

この世界が、本当にゲームのように進んでいくかどうかはわからないけど。でも。

ジークが不幸になることだけは、絶対に阻止しなければならない。

あんなに、優しくて高潔な人が、魔瘴（ましょう）に体を乗っ取られて、悪いことを沢山して、異母弟と敵対したあげく殺されるだなんて。

ありえないでしょう。許されない。考えただけで泣きそうになる。

本気で大好きな推しではあったけど、あくまで彼は二次元の世界の人で、頭のどこかでは作り物だとは思っていた。

失敗しても何度でもやり直せるしね。

でもこの世界は、この世界のジークはたった一人の本物だ。

失敗したら、わたしは永遠に彼を失ってしまう。

結ばれないなら同じ、とは思えなかった。

たとえわたしとは道が分かれても、ジークには絶対に生きて幸せになってほしい。

だからこの世界に、彼を損なう可能性が一ミリでもあるなら、絶対に先に見つけて排除してみせる。

わたしは、そのために転生した、あるいは前世を思い出したんじゃないかしら。

だとしたら……本望だ。

ぐるぐる考えているうちにそう思えてきたら落ち着いてきた。

誰にも、当のジークにすらわかってもらえなくても。

彼を守れるなら……。

わたしはベッドの中で大きくうなずいた。

そうと決めたらこれからのことを考えないと……そうだ。

わたしは、そっとベッドから抜け出してノートを取ってきた。

枕元の灯り（あか）をつけて、思い出したゲームの事項を書き連ね始める。

ジークハルトが魔王と化して、討ち滅ぼされるルートに入るのを防ぐこと。

彼が笑って、幸せになれるエンディングを迎えること。

そのための方法はただひとつ。

ヒロイン、クラウディアと彼が早い段階で出会って、クラウディアがジークハルトのルートに入ることだ。

彼と彼女が惹（ひ）かれあい、恋愛エンドか大団円エンドを迎えることだった。


ゲームの開始は、主人公、クラウディアが庶民ながら魔法学院の入学を許され、王太子レオンハルト――レオンと共に、入学式に出るところから始まる。

魔法学院の入学式は来年の九月だ。今は六月だから、あと一年とちょっと。

ジークはそのとき、三年生。

数ヶ月前の選挙で生徒会長に選ばれ、そのまま継続して職に就き続けるジーク。彼は最初、ただの生徒会長としてゲームの画面に出てくる。

名前もわからない。

ただレオンは、新入生歓迎で壇上に立つ彼を食い入るように見つめ、ヒロインのクラウディアは、少し違和感を覚える。

生徒会長が怪しい挙動を見せるのは、後の十二月。

この世界の神、シュタインの聖誕祭が行われるころだ。

そのときには、ジークの意識は時々、途切れ、彼の知らぬところで魔瘴が悪巧みを進めて、クラウディア達を排除しようとしてくる。

ジークのルートだと、わたしたちの入学式後に間もなく、裏庭でクラウディアとジークが出会って交流を始めるんだよね。だから九月から十二月の間に魔瘴がジークに取り憑いてしまうことになる。

あれ？　でも……。

わたしは首を捻った。

ジークルートの彼の様子を思い出したからだ。

九月のうちに、ジークとクラウディアが出会って、ジークのルートに入れば彼の魔王化は防げる。

でもそれはギリギリ、ってところで、出会ったときからジークは少し荒み気味で危ういところがあったはず。

今の彼とは違う。

今のジークハルトは皮肉屋で、何か隠している気配はあるし、影もあるけれど、特に荒んだところはなく健やかだ。

もちろん、クラウディアと交流して心を開いてくると、今の感じになるんだけど!

わたしは、もどかしくなって、頭をかきむしった。

何か忘れている気がする。とても大切な何か。

ゲームのジークハルトの言葉。

『昨年、父が……義理の父が亡くなってね。その関係で最近、余計なことまで知るはめになった』

『正直、知らなければよかったと思ったこともある。だが知ってしまったからには正さなければならない』


「ああああっ」

深夜なのに、声を上げてしまい、慌てて口を塞いだ。

き、聞こえてないよね。

どうして今まで忘れていたんだろう。

ジークハルトは、母の元王妃が罪を犯して投獄された後に産まれた〝存在を消された王子〟

レオンハルトのルートではそこまでしか言及されていない。

しかし、ジーク自身のルートではさらなる真実が明かされる。

それこそが、優しく公平な彼が、異母弟を憎み魔瘴につけ込まれるようになった残酷な真実。

ジークのお母様は冤罪(えんざい)だった。

権力を狙う勢力の罠に落とされて、無実の罪で失意のうちに死んだのだ。

その元凶こそが、現公爵家のアッヘンバッハ。

他でもない王太子レオンハルトの母の生家である。

元王妃の罪が冤罪であるならば、ジークハルトの方こそ、正統な王太子。

本来なら、将来王となるのは彼の方であるのだ。

彼にその事実を知らせて、正統な王位を継ぐようにとそそのかした者がいる。

ゲームではその存在については言及されなかったけれど、あるいはそれも魔障に憑かれた誰か、なのかも。


そこまで考えたときだ。ドアの外から、控えめなノックの音が聞こえた。

「お嬢様……まだ起きていらっしゃいますか？」

メイドのジェシカの声だ。わたしは慌てて、ぐしゃぐしゃにした髪をなでつけながら、返事をした。

「起きてるわ。入ってちょうだい」

ジェシカは、遠慮がちにそうっとドアを開けて、入ってきた。

その沈痛な面持ちから、悪い報せであることを知る。

「エイゼン侯爵様が……ジークハルト様のお父様が馬車の事故でお亡くなりになったという報せ

がたった今……」

告別式の日は雨だった。

喪主はエイゼン侯爵の長男アルベルト――ジークのお義兄様が務めた。この先、彼がエイゼン侯爵となる。

茶髪に水色の目。がっしりした体格でお父様の面影があるが、当然ながらジークとは似ても似つかない。

八歳違いで、ジークとの仲は悪くはないが、やや距離のある……遠慮がちな関係だったはずだ。

エイゼン侯爵に会ったことは、数えるほどしかなかったけれど、温厚そうで落ち着いた人だった。

ジークに婚約者だと紹介しに連れていかれたときも、優しく応対してくれたことを覚えている。

ジークも彼のことは尊敬しているようだった。

お父様も人徳者だと言っていた。

いろいろな人に慕われた人なのだろうと思っていたとおり、告別式には本気で彼の死を悲しんでいるらしい多くの人が集まった。

馬車が崖に落ちて、打ち所が悪かったという話だけど、花に埋もれた棺の中に埋もれた侯爵は、穏やかで綺麗な状態で眠っていた。

わたしは、侯爵に最後のご挨拶をしながら、ジークを守る力を貰えるようにそっとお願いした。

ジークは喪服を身にまとい。お義兄様の横で、しっかりと前を向いて参列者の相手をしていた。

ひととおりの儀式が終わり、参列者の数もまばらになった頃、父と、彼の許に向かった。

「ジークハルト君、この度のことは本当に……」

「子爵。それにマリアも、ご参列ありがとうございます」

ジークは少し疲れたような顔をしながらも、優美な微笑みで挨拶をした。

その青い瞳に、今まではなかった、炎のような影が揺らいでいる。

やっぱり、知っちゃったんだ……。

自分の出生の秘密を……。

ゲームのとおりなら、母親が冤罪で殺されたことはまだ知らないはず。だったら自分の母親が罪人だと思ってるってことで。

思わずぎゅっと、黒いドレスの胸のあたりを掴む。

本当は違うんだよって、わたしが言ったらどうなるだろう。

どうなるも何も、証拠もないのに、誰から聞いたとも言えないのに、信じてもらえる訳がない。

知っていながら、何もできなかったことが、今このときも何もできない自分が情けなくてどうしようもなかった。

「マリア。あとでちょっと良いかな。俺の部屋で待っていてほしい」

別れ際、最後に言われて、不思議に思いながらも、うなずいた。


ジークに待っていてくれと言われたと告げると、お父様は所用があるからと先に帰ってしまった。

ちょっと心細い……何かお葬式の際にやってはダメな特殊な風習とか……ないよね?

エイゼン侯爵家は、うちの三倍くらいの広さがあるけれど、今日はどことなく、ガランとして底冷えがした。

何度か来たことのあるジークハルトの部屋で、お茶など出されて待っていると、ほどなく彼が現れた。

「義母が、形見分けにと……」

そう言いながら、そっと布に包まれたそれを取り出す。

「これは……」

渡されたのは、銀色の懐中時計だった。

「義父はこれが好きだったんだ」

ジークハルトは小さく笑った。

「今は、腕につけるもっと小さいものが流行だろう？　けれど小さいとなんだか落ち着かないといっていた。このくらい重みがあったほうが時間を意識していいと」

「なんとなくわかるわ……素敵ね」

小さく同意するとジークも満足そうに笑った。

「俺は誕生日に、自分の分を貰っている。義母も、義兄も義姉も同じように貰っているから、持っていきどころがなくてね、でも、死蔵するのは意味がない。義母がだったら将来のお嫁さんにもあげればいいでしょう、家族になるのだから、と」

「家族……わたしが？」

そんなふうに思ってくれるの？　ジークだけでなく侯爵夫人まで？

とまどって、自分より頭一つと少し高いジークを見上げる。

でも……これはまだ〝仮〟の婚約じゃないの？

ジークは実のお母さんの仇を討って、王位継承権を奪うつもりになっているんじゃないの？

まだそこまでには至ってないんだろうか。

迷いながら彼の真意を見定めようとしているわたしをどう思ったのか、彼は咎めるように片眉を上げた。

「当然だろう？　今更、逃げるつもりじゃないだろうね」

「わたしはそんな……」

「俺だって君を離すつもりはない。ちょうどいい。油断がならない婚約者には鎖を付けておかないと」

そう言いながらわたしのドレスの腰あたりの装飾に、懐中時計の留め具をつけてしまう。

あう……それは、淑女の持ち方ではないと思うけれども。

でもいいか。今は彼の気の済むようにさせておきたい。

けれど。

「わたしで、いいの……?」

思わず問いかけてしまった。

いいわけないじゃん!

自分でもわかってる。

この先、ジークを救うためには、彼が幸せになるためには、〝モブ〟じゃダメなのだ。

創世のクラウディア……聖女と呼ばれ、哀しみを打ち払い、新たな世界を作り上げる力を持つ、彼女でなければ。

でも……だからこそ、今だけ、今このときだけ、彼の気持ちを聞いておきたかった。

「マリアがいい。君で無ければダメだ」

ジークは、きっぱりと言って、わたしを抱きしめた。

「約束してくれ」

「約束?　何を?」

「俺が何者であっても……何者になろうとも、決して離れないと」

わたしは息を呑んだ。

母の死の真相と、自分の立場を知ったジークは、王家に巣くう悪……レオンハルトの生家を糾弾して、正統な王位を要求する決意をする。

その手始めに、王太子レオンより自分が優れていることを見せつけようとして、だんだん魔瘴にむしばまれていくのだけれど。

今この時の彼の中には何があるのだろう。

慕っていた養父を、父親を失った彼の心を、わたしが慰めてもいいのだろうか。

ヒロインはここには来ない。あと一年、待たなければ。

わたしはジークの背に腕を回して、強く抱きしめ返した。

「離れないわ」

そして魔王にもさせない。わたしが守ってみせる。

ジークハルトの指が頤(おとがい)にかかって、上向かされた。一瞬、目を瞠(みは)って逃げようとしたが、背に回った強い力に、諦めて目を閉じる。

い、いいよね、なんか乙女ゲームの攻略対象ってなんかこういうの慣れてるし。モブとの経験はノーカウントってことで！

ごめん。クラウディア。

言い訳をしながら、彼との甘い思い出が欲しかったという気持ちはちょっと否定できない。

若干の後ろめたさを覚えながら、わたしは暫定の婚約者から初めての口づけを受けた

ちなみに前世も含めて、ファーストキスだったりしました……。


その後、しばらくの間、お義父を亡くして少し寂しそうなジークをたびたびうちの食卓に呼んで、一緒に食事をした。

毎日ではないけど、わたしも時々、料理をするので、食べてもらったりした。

前世を思い出してからキッチンメイドに御願いして、スパイスをいろいろ見せて説明してもらったら、前の世界のカレー粉に似た感じのがあったので、カレーライスもどきを作ってみたら、お父様にもジークにも凄く好評だった。

カレー風味にして煮込む料理はあったんだけど、タマネギもどきをしつこく炒めてルーを作る過程がこっちにはなかったみたいだ。

やっぱりみんなカレー好きなんだな……すごいなカレー。

ジークが作り方を知りたがるから、厨房に来てもらって見せたら感心してた。

「これなら野外でも作れそうだな……」

「うん、キャンプとかで、お鍋持っていって作ったりするよ？」

「キャンプ？　君が？」

あ、しまった……こっちの貴族女性は、野外で泊まったりはしないわ。

ぼんやりしていると、ときどき不意に、前の世界の常識が出てきて慌ててしまう。

「えーと、その孤児院の子たちがやるって！　聞いたことあるの。いいなあ……」

「孤児院でそんなことを？　ずいぶん進んでるんだな」

「あーあー、孤児院に入る前の思い出だったかもしれない……」

いろいろと冷や汗ものだけど、ジークは納得してくれたみたい。

「そうだな。今はそんな余裕もないが、魔法学院の生徒のボランティアで、孤児たちを引き連れてキャンプというのも楽しいかもしれない」

「あ、それ、いいね！　わたしも手伝いたい！」

そんなに頻繁でなくてもいい。一回でもそんなことができたら、子供達には一生の思い出になると思う。

楽しそうにそう語ると、ジークはすかさず訊（き）いてきた。

「マリアも野外で泊まりたい？」

「……やっぱり無理かしら」

「君はよくても、他の令嬢はさすがに……いや、大型の天幕を持っていって、ベッドも作るならありか……」

ぶつぶつ言いながら考えてくれるところが好き。

魔法学院入学にあたって、魔法の特訓もしてもらった。

初めてジークが本格的に水の魔法を使うのを見る。

水……というより氷だけど。

空気中の水分を凍らせて、龍を作って空を飛ばせたりするの。

「すごい……」

「君は？　土属性ならゴーレムもどきくらいできるんじゃないの？」

「あはは……」

できなくはない。

三十センチくらいの、うごうごと動く土ダルマくらいなら。

いっぺん、やって見せたら、ジークにめちゃくちゃ笑われた。

「これはちょっと……土でも適性が違うみたいだね」

「うう……」

「魔法学院に入って理論を学べば、なにができてなにができないか明確になるよ」

そうだといいなあ……。

貴族、王族は魔力が強くていろいろなことができる。

できるからこその特権階級だと思うので、できるだけ世のため人のためになることに使いたい。

今、わたしの魔法で人の役に立つのって怪我の応急手当くらいだけど……。

わたしが落ち込むと、ジークがフォローしてくれた。

「十分だろう。それこそ卒業したら孤児院や学校で期日を決めてやってあげればいい」

「このくらいできる人は、大勢いると思うけど……」

「大勢いても医者は足りなくなるもんだよ」

「そうかなあ?　ジークは?　卒業したらどうするの?」

わたしが訊くと、ジークは少しだけ真剣な顔になって考えこんだ。

彼のシリアスな顔は、本当に綺麗で、ドキドキするんだけど、不安になる。

実のお母さんのこと、考えてるのかな。

わたしが不安げに彼を見ているのがわかったのか、ジークは穏やかな顔に戻っていった。

「そうだな……父や兄のように宮中に出仕して、国政に携わりたいとは思っているが、具体的にはまだ考えてない」

「治水作業とかは?」

「候補の一つではある」

「ジークならできるわ」

「ああ……そうありたい」

わたしは思わず、膝の上で組み合わせた手を祈るみたいにしてぎゅっと握った。

彼ならできる……それは彼のことが好きだとか推しだとか以前の確信めいたものだ。

頭がよくて決断力があって、根は真面目な彼だから。このまま進んでくれたらきっと多くの人を救えるような仕事ができるはず。

だからこそ……彼を救いたい。

ジークがわたしの手にそっと乗せた。

「マリアが近くで支えてくれるんだろう?」

「う、うん……」

彼の傍に居られたら、だけど……。

わたしはいろいろ迷っていた。

今のジークを一人にはしておけない、だけど、距離をおかないと彼とクラウディアが恋に落ちるのを邪魔してしまう。

いったい、わたしはどうしたらいいんだろう?


それはそれとして、魔法関係で唯一、わたしがジークに勝てるものがあった。

「また当たり……か。確かにこれは偶然の域は超えてるな」

「そう言ったでしょ」

机いっぱいに並べたカードを交替で二枚ずつ引いて、同じ数字のものを二枚引けたら取っていく……前世でいうところの神経衰弱みたいなのをやったところ、最初は僅差で彼を制することができた。

当然といえば当然だけど。

魔法の先生に指摘されて知ったのだけど、わたしは土属性の魔法の他に、ちょっとだけ予知能力があるようなので。

正夢を見たり、明日の天気をあてたり、嫌な予感とかいいことが起きそうな予感、が人よりはあたりやすかったりするだけだけど。

なんでもできるジークはその方面の才能だけはあんまりで、わたしが勘で次々に同じ札を開いていくのを唸り(うな)ながら見ている。

もっとも、予知とはいえささやかなものなので外れるときは外れる。

勘であてられるのは二割くらいかな。

ジークは代わりに記憶力がよく、一度開いた札は絶対に覚えているので、勝負は互角なんだけど。

それで互角は情けない? ほっといてください。

「これだとマリアの女の勘は、バカにできないな」

「女とか男とかは関係ないけど、バカにはしないでよ」

わたしは、ちょっとむくれて抗議する。

「といっても外れることもあるので、あまり信用されても困るけど」

気まぐれにふっと浮かぶものなので、知りたいことが的確に知れるわけではない。

外出して、にわか雨にあったのに、事前にはなにも感じなくて、なんでわからなかったの～、なんてこともしょっちゅう。

笑い話のつもりでそう言うと、ジークは思いついたように言った。

「カード占い等を習ったら、的中率があがるかもしれない」

「そういうもの？」

「カードはパワーを増幅する装置のようなものだから、それはそうなるよ、そうだな。今度、誕生日にでもいい感じのカードをプレゼントしよう」

「ほんと？　嬉しい」

わたしの誕生日は来年の三月だ。その頃にはすべて終わっているはず。

わたしとジークの関係がどうなるか。

そしてジークは無事にいてくれるのか。

そんなことを思いながらも、その日が来るといいなと思った。

「そういえば」

そんなことをしてたとき、ジークがふと思い出したように言った。

「以前、温泉に行きたいと言っていなかったか？」

「言ったかな……ああ、うん、言ったかも」

恐らく、前世を思い出す前の話だ。

思い出す前と思い出した後だと、軽い記憶の混乱がある。

そして温泉は、前世も今も好きだった。

広い湯船にのんびり浸かると寿命が延びる気がする。

「再来週、義母と一緒にだが、アストライアの方に行こうという話が出ている。ちょうどその地方の領主に招待券をもらったので、行かないか？」

「再来週……」

わたしは、ちょっと考えて、残念だけど、と首を振った。

「そのあたりは、ちょっと……体調が怪しいから無理かな」

「体調が？　それも予知かい？」

「え？　ううん、それはなんというか、月の周期で」

わたしはあははと笑った。ジークもなにかを察したのか、それ以上は追及しない。

月の障りの時期は、いろいろ鈍くなって、予知なんかとてもできない。

わたしが再来週はダメだと思ったのは、予知なんかより正確な周期の問題だった。

前世も今世も、わたしはきっかり二十八日周期。今のところ、まったくくずれたことがない。

今世も、日記に書いてあったから、確認したんだよね……。

これも、ささいだけど前世の恩恵かも。

今までのわたしは、漠然と一ヶ月くらいと思ったたから、うっかりしたらお誘いに乗っていたかも。

　恥ずかしいことではないかもしれないけど、まだそこまで親しくないジークのお義母様にあれこれいうの恥ずかしいや。

「そうか。残念だが、それはまた今度で」

　ジークはさっぱりと言った。

「うん、わたしも残念だけどまた機会があれば」

「そうだな、もう少し寒い時期に二人で行こうか」

「うん……えっ？」

　あわあわと赤くなるわたしに、ジークは笑って暇を告げた。


　ジークがお義父さまの死を客観的に見られるようになったのか、落ち着いた頃のことだ。

　魔法学院の入学式まで、二ヶ月を切った頃。

　わたしは久々に、夢で、ジークが死ぬ場面を見て、急に恐くなった。

　予知じゃない。あやふやだけど、予知夢のときはなんというか特別な感覚があるから、だいたい見当がつくんだ。

　場面がゲームのまんまだったし、たぶん、わたしの不安が見せたもの。

でも、そうなる可能性はある、と思うと、わたしはジークとこのまま仲良くしているのが凄く不安になった。

夢を見た翌日、彼から観劇のお誘いがきたのをわたしは断ってしまった。

彼もわたしもサスペンス系のお話が好きで、今、そういうのが得意な演出家の興業がかかってるから誘ってくれたと思うんだけど……我慢。

これ以上、ジークと親しくなっちゃだめ。

彼にはクラウディアと仲良くなってもらわないと……。

わたしは心を鬼にして、その日は勉強の予定があるから行けないって返事を書いた。

魔法学院の入学前だから、いろいろ用意しないとだめだって。

まあ実際、本当に自信ないしね……。

嘘にならないように、わたしは家庭教師の先生にカリキュラムを増やしてもらったり、合宿で参加する講習の予定を入れたりした。

「お嬢様、またお断りされるんですか?」

その日も、わたしがジークの誘いを断る手紙を出すように言付けると、メイドのジェシカが心配そうに言った。

「う、うん、ちょっとね……忙しいから」

あせって返すと、ジェシカは眉を寄せて言う。

「配達夫のヨセフがお断りの手紙を持っていくと、ジークハルト様が恐いので、そろそろなんとかしてほしいと……」

「えっ、でも、なんの責もない配達夫に八つ当たりするような人じゃないでしょ？」

「もちろんそうですが、日に日に笑顔の圧が強くなって気が気でないそうです。ストレスで胃がやられそうだとか」

「あはは……そっかあ。うん。気をつける」

極端すぎるのもダメかしら。

離れないと約束した手前、うまい言い訳も考えつかないし、クラウディアと出会う前にこじれても困るし、たまにはお誘いにのった方がいいかな？

お友達としてなら、もちろん、ずっと付き合いたいんだけど。恋愛じみた雰囲気になるのは困る。ジークは真面目だから、わたしとそういうことになっちゃったらクラウディアに惹かれても我慢しかねない。

好きな人ができた、って言っちゃうとか？

でもそんな嘘、すぐ見破られるよね。

それより、ジークのことをそんなふうに見られないって言った方がいいかなあ。

でも、いきなり？　それにお葬式のとき、あんなことを言ったあとで？

不誠実な女だと思われないかしら?

わたしが嫌われるだけならいい。(よくないけど)。

それでジークが人間不信になって、魔障を呼び寄せることになったら?

「あああああああ、どうすればいいの!」

「悩んでるんだ?」

「うん、そう……って!?」

部屋の中をウロウロしながら、頭を抱えていたわたしに、静かに声がかかった。

はっと振り向いて、跳び上がる。

ジークが恐い顔で、後ろに立っていた。

「えええええ、ジーク!? いつのまに!」

「ついさっき。どうやら、前もって知らせておいたら逃げられるようだからね。驚かせたいから内緒で部屋に向かいたいと言ったら、皆、にこやかに通してくれたが?」

ううう、わたしがジークを避けてるの知ってるくせに。

みんなの裏切り者……。

「そ、そりゃ、あなたは、うちの使用人にはとても受けがいいから……」

ジークはつかつかとわたしに近寄ってきた。

「どうして俺を避ける? なにか悩んでいるならなんで相談しない?」

「そ、それは……」

近い近い近いっ！

突然ドアップで来ないでよお……最近、会っていなかったから余計、刺激が強い。

わたしは、慌てて両手を突っぱねるようにして彼を避けた。

「その、ね……」

顔を逸らし気味にして、もごもご言うと、ジークが頤を掴んで正面を向かせようとする。

「目を見て言え」

「ううっ……」

だからその顔面、反則……。

わたしは、真っ赤になりながら、仕方なくジークの目を見つめ返した。

青い目が、厳しく観察するようにわたしを検分する。

やがて、その目が、ちょっとだけ優しくなった。

「変わってないな」

「？　何が？」

ジークは、その問いには答えずに、ほうっと溜息を吐くと部屋にある椅子に座った。肘掛けに腕を突いて頬杖にしてわたしを見る。なんか偉そう。

怒ってるってほどではないけど不機嫌、だよね。

わたしにも座るよう促すのでわたしもその正面に腰をかける。

「で？　どうして俺を避けるんだ？」

「避けてなんかいないけど……」

「今月に入って、断られるのは七回目だ。誘った芝居はマリアも見たいと言っていたろう」

「あ……」

さっき出した手紙ももうチェック済みらしい。

入口でジェシカと会ったみたいだから当然か。

配達夫の胃が痛くなるのは避けられたなあ……。

可哀想だけど仕方ないといったん思い切ったものの、無駄に苦しませたくはないし。

「手紙にも書いたでしょう？　たまたま友人と約束があって」

「たまたま？　伯爵家のエリーゼ嬢に訊いたら、出不精のくせに、今月はマリアがやたらと外に遊びに行きたいと誘いにくる、もしかして喧嘩でもしたのかと言われたが？」

　エリーゼまで裏切る……。

まあ事情を知らなきゃそうだよね、わたしでもそうする。

わたしは、無意味に手を宙に浮かせて、視線を彷徨わせた。

俗に言う、「ろくろを回す」って状態？　この世界にあるのかな、ろくろ。

そもそもなんでそんなことだけ無駄に覚えてるんだろう。

混乱した思考をまとめて、なんとか言葉を絞り出す。

「あ、あのね……わたし、九月から魔法学院に入るでしょ？　新しい出会いもいっぱいあるだろうし、ジークも新入生とかで、気になる子が出てくるかもしれないでしょう？　そのときに仮とはいえ婚約者っていうのはどうかなって」

「はぁ？」

ジークは理解しかねると言う顔をした。

わたしは思い切ってジークの顔を正面から見つめた。

「ほら。最近、貴族でも、家同士の政略結婚とかやめて、恋愛で結ばれるっていうの流行りでしょう？　わたしたち、まだ若いし、内々だけで決めていた婚約が解消されることも多いし。だったら学院入学を前に一旦、きれいにしてみるのもいい、んじゃ……」

勢い込んで話してはみたものの、本心ではないのでどうしても末尾の方が曖昧になる。

でもでも、ともかくクラウディアと仲良くなってもらわないと。

ジークの目がまた鋭くなった。

「なるほど？　つまり学院で新しい出会いがあるかもしれないから、婚約を解消したいと？」

「……はい」

そう言われてみると、我ながらすごく軽薄な理由だ。わたしは穴があったら入りたくなる。

「君の父上や、俺の義兄や義母にもそう話す？」

「……はい」

わたしは身をすぼめた。

とんでもない親不孝だ、わたし……。

ジークとわたしの縁談は、わたしの家には願ってもないもの。

家格も財産もジークの方が上だし、何より優秀なジークがうちの子爵領を継いでくれるのが大きい。お父様も安心する。

ジークから、ならともかくわたしから婚約解消、なんて利害関係からいっても普通ならありえない。

でも、ジークを救うためだもの、仕方ないんだってば！

わたしが祈るような気持ちでジークを見つめていると、彼は、ふっと溜息をついた。

「なるほど。よくわかった」

同じ言葉を繰り返す。

呆れてるかな……呆れてるんだろうな。

こんなヤツだとは思わなかったって、軽蔑されているのかもしれない。

わたしが身を縮めていると、ジークはわたしをまっすぐ見て言った。

「君がなんだかわからないけれど、面倒に巻き込まれていて、俺に本当のことを話すつもりがないのはよくわかったよ」

「ほん、とうのこと……？」

「まさか、今のまずい言い訳で俺が納得するとでも？　ああでも一応、訊いておこうか。知っていると思うが君の婚約者はなかなかに優秀だから、素直に相談すれば一発で解決してくれるかもしれないが？　相談するつもりは？」

そんなつもりは、ない……と答えようとして、わたしは、はっと口を噤（つぐ）んだ。

そんなこと言ったら、なにかあるって認めてしまうことになるじゃない？

「相談もなにも、出会いがあるかもしれないから婚約解消したいだけだもの」

「ふーん、もしかして俺に懸想する高位貴族の令嬢に脅迫とかされてる？」

「そんなんじゃ……」

また慌てて口を噤む。

危ない危ない。

これ一つだけならよくても、一つ一つあるかもしれない可能性を示唆されては否定しているうちに退路を潰されて、結局、追い詰められてしまうのよ。

前にやられたことがある手口だわ。

わたしが口をつぐんで、なにも言わない素振りを示すとジークは目を細めた。

「少しは学習したみたいだね」

「なんのことかしら」

ジークは肘を突いていた椅子から立ちあがって、わたしのほうにやってきた。わたしの横に立って言う。

「君の提案に従ってもいい」

わたしはびくりとした。

震えるのを見せないように、膝の上の手をぎゅっと握る。

それでいいの。

ジークはわたしから自由になっていい。

「君の言い分は魔法学院で出会いがあるかもしれないから、だったね。では魔法学院では、しばらく婚約者であることを秘密にするのでいいかい？　元々内々のもので俺の家と君の父上くらいしか知らないことだ」

「え、ええ……？」

ジークが言うのでわたしは答えながらも、首を傾げた。

その言い方はちょっと……。

「お互いの家族に話すのはちょっと待ってくれ。突然、気が変わって婚約をやめたくなるなら、突然、元に戻りたくなるかもしれないだろう？」

「で、でも……、それは……」

慌てるわたしの膝においた手をジークは上からぎゅっと握った。

「君は離れないと言ったはずだ」

「！」

ずるい。

そんな青い目で、そんな切なそうな声で。

言われたら、わたしが断れないのわかっているくせに。

「あと、俺を避けようとするのもやめてくれ」

「それは……」

「二人の間の婚約を秘密にして、魔法学院ではただの友人として振る舞う。それは約束しよう。だから、君も君がした約束は守るべきだ。俺が何者であっても……何者になろうとも、決して離れないと」

「…………だったら、もうひとつ約束して」

ジークの迫力に呑まれそうにしながら、わたしは言った。

「もし学院で、ジークに好きな人が……気になる人ができたら、わたしに絶対、遠慮しないで、心に従ってほしいの。わたしも、わたしだって好きな人ができたらそうするから、ジークは大事な、友達、だから……」

「友達、ね……」

ジークは複雑そうに呟いたけれど、仕方なさそうに肩をすくめた。

「そういえば、君がおかしくなったのは、あのとき、キスしてからだな」

わたしは勢いこんでこくこくと首を振った。

「……ええ。そういうの、やめてほしいの」

「お子様には、刺激が強かったか？」

ぼそりと呟かれた言葉は気が付かないふりをした。

お子様って……そりゃ経験はなかったけれども！　前の世界ではそれなりに耳年増でしたし、実年齢だって……！

言いたいけど、ぐっと我慢だ。

ジークは溜息をついて。

「いいだろう。約束する。マリア以外に好きな女ができたら俺は我慢しないからマリアもそうしろ。その代わり」

言いながら、ジークはわたしのこめかみあたりに、そっとキスをした。

「ひっ……」

わたしは慌てて、そこを押さえた。

「だ、だから、そういうのをやめてほしいと!」

「このくらい友愛の範囲だろう」

「絶対、違うっ!」

「いやだったのかい?」

「いや、とか、その……」

わたしは、真っ赤になって口をぱくぱくさせる。

ジークはにっと笑った。

「今は特に君以外に意識する女はいないんだから、君にアプローチするのは自由だよな」

「ちょっ、い、いやダメです。それはっ!」

「なにがダメなんだ? 俺よりいい男がいるかもしれないから、関係を白紙にしたいんだろう? じゃあ俺はせいぜい自分をアピールするしかないじゃないか」

首を傾げて不思議そうに言うけど、絶対にわざとだ。

ああ言えばこう言われるで、言葉に詰まっていると、さらに追い打ちをかけられた。

「婚約者というイニシアティブを一旦、なくすように言われたんだ。せいぜい、意識してもらうように努力しないと」

「ううう……」

ジークはにっこり笑って言う。

「そ、そういうことじゃなくて！」

「家同士の政略じゃなくて、恋愛したいんだろう？」

「だからっ、魔法学院で新たな出会いを！」

「ああ、わかったわかった」

ジークは手を上げて、私の言葉を制した。

「マリアがすべてを白状したくなるまで、あまり追い詰めるのはよしておくよ。その代わり」

意味ありげにわたしの耳元に唇を寄せて言う。

「入学したら、俺よりいい男なんて、この世に存在しないことをわからせてやるから覚悟しておくといい」

第二章　ゲームヒロインは、まさかの脳筋キャラ⁉

そうして、九月になって、魔法学院の入学式を迎えた。

色とりどりのステンドガラスが嵌められた荘厳な雰囲気の講堂に、二〇〇人ほどの入学生と六〇〇人ほどの在学生が集まる。

いろいろな事情で、年齢も様々だけど、だいたい入学は満十六歳くらい。

四年制でここを卒業したら、大人の仲間入りだ。

前の世界の高校と大学がひっついた感じかなあ。

入学生が会場に入ると、ぽんと音をたてて、くす玉が割れて、小さな妖精みたいなものがきらきらと舞って、入学おめでとうの文字を描いた。

火の魔法の応用だったかな。

入学生の間で、どよっとどよめきが湧いて、少しだけ緊張が薄れる。

遠い昔にゲーム画面で何度も見た景色。

そして何度も見た制服。

黒を基調に、胸元には女子はリボンで男子はネクタイ。

色で学年がわかるようになっていて、わたしたち一年は緑色だ。

なかなか可愛いし、男子は格好いい。

あと毎日ドレスを着替えなくてすむの便利だ！

家格によってあんまり差を覚えたり、派手合戦になるのを避けるためだろうけど。

こんなところまで同じなんだなあ……。

ちょっと感慨を覚えつつ、気持ちを引き締める。

やはり、ここはゲームで見た世界……。

選択肢を間違えれば、ジークが魔瘴（ましょう）に冒されて、殺されてしまうかもしれない世界なんだ。

ジークは生徒会長として、四人の生徒会役員らしい人達と壇上に上がって新入生歓迎の挨拶をした。

「諸君のたえまない研鑽（けんさん）と健闘、そしてさらなる発展と活躍を祈る！」

落ち着いた声音で話す彼は、格好よくてドキドキしたし、新入生の間でも話題をさらっていた。

ジークには婚約を内緒にしてもらうついでに、しばらく、知人としても親しいところは見せないでね、と言ってある。

高位貴族の先輩とかに目をつけられないように……というのは表向きの口実で。

もちろん、彼とゲームヒロイン……クラウディアの恋の障害とならないようにって気遣いなんだけど。

『目をつけられる、だと？　なにかあったら俺に言えばいいだろう。可及的速やかに、かつ合法的に排除してやるが？』

『……平和に目立たずに学生生活を送りたいから勘弁して』

などという会話があったことは内緒で。

……あのときのジークの目は絶対に本気だった。

ともかく目立たず、争わず生きていきたいと切々と訴えて、ついでにジークをライバル視するあたりに、わたしがジークの弱みだと思われてもまずいでしょう、と説得したらようやくわかってくれたんだよね。

『たしかに……俺の鼻をあかしたいやつに、マリアが可愛いからってちょっかい出されても困るな』

とかぶつぶつ言ってるのが聞こえたけど、そんなのジークだけなので！

まあ仲のいい貴族の友人には婚約のことは知られているのだけど、みんなにもよくよくお願いしたらわかってくれた。

前にも言ったように、若いうちの内々の婚約が反故になるのはよくあることなので、あまり話題にされなければ、なかったことも同然になる。

ので、下準備はＯＫ。

ついで担任の先生が紹介された。

うちのクラスを担当するのは、魔法道具の使い方を教えてくれるセイラム先生。

淡い栗色の長髪を背中で束ね、紫の目をした神秘的な容姿の人だ。まだ若い。

ちなみに彼も攻略対象キャラ、だったりする。

魔瘴のことに詳しくて、大団円に至るには、この人の協力が不可欠なのよね。

少し親しく、話せるようになるといいな……。

もちろん、攻略対象ってくらいだから、女生徒の人気も高い、と思う。

二人きりで話そうとして、抜け駆けだのなんだの言われたら恐いな……。

まあ先生は後でいい。

「クラス、別になってしまいましたね」

入学式のあと、講堂からぞろぞろ出ていくと、エリーゼが話しかけてきた。

くるくると巻かれた長い金髪に青い瞳。お人形さんみたいに綺麗に彼女は、伯爵令嬢。かなり古くからの格の高いおうちの出な上、お母様方のお祖母様が王女だというので王族の血を引いている。

つまるところ、やんごとないお嬢様だけど、好奇心が強く大らかな性格で、読書好きというのもあってわたしとはウマがあい、仲良くしてもらっている。

「うん、残念……」

エリーゼが近くに居ればいろいろ心強かったのにな。

エリーゼほど親しくないけど、それなりに気心の知れたアンスリアとも離れちゃったし。

「それにしても、だんな様、やっぱり格好よかったですわね。マリアも鼻が高いのでは……うぷっ」

屈託なく話すエリーゼの口を慌てて塞いで周りをうかがった。

幸い、こちらに注意している人はいないみたい。ほっとして、エリーゼを軽く睨む。

「そのことは、内緒にして、って言ったじゃない……ちょっとしばらくは距離をおいてるって」

そもそも、だんな様ってなんだ。

エリーゼはちょくちょくこんなふうにわたしたちのことをからかってくるけど、今はちょっとせつない。

恨めしそうにみると、エリーゼはちょっとすまなそうに肩をすくめた。

「あ、そうでしたわね。ごめんなさい。でも……本当にいいんですの?」

「いいって……なにが?」

「彼はわたしのものよって、ちゃんと主張しとかないと。彼を狙う人って多いでしょう?」

「ああ……」

わたしは力なく笑った。

「元々、お父様との口約束の仮の婚約なわけだし、わたしのもの、なんて思ってないよ……ジークもそうだろうし」

「え?」

エリーゼはわたしの言葉を聞くと、とても驚いたというように、目を見張った。

「それ……ジークハルト様に、おっしゃったんですの？」

「え？　それは言ってないよ。最初から諦めているとか言ったら、彼、気にしそうだし。自然消滅、みたいなのが理想かなーって」

「ええぇ……」

エリーゼは、なんだか、紅茶だと思って飲んだものが、コンソメスープだったようななんとも言えない顔をした。

「どうかした？」

わたしが不審に思って訊くと、そのまま深い溜息を吐く。

「まあ……外野がとやかくいうことではないですし、今はあえてなにも言いませんけど……」

彼女にしては煮え切らない態度でごにょごにょと言った。

「それについては、一度、ジークハルト様とじっくり話した方がいいのではないかしら」


どうしたのかしら。一体。

少し言葉を交わしただけなのに、ひどく疲れた様子のエリーゼと別れて、わたしは教室に入った。

三十人ほどの生徒が、一緒に学ぶように机と椅子が並んでいる。

天井の真ん中あたりには羽根のついた扇風機みたいなものがゆっくりと回っていた。

前の世界でいう、換気扇みたいなものらしい。

魔力があるものが多くいると、放出する魔力が溜まって淀んだりするのを防ぐためだそうだ。

ジークとお勉強中に習った。

わたしは、後ろの方の席に座り、周りの様子をうかがった。

入学式のときに渡されたクラス名簿で、ゲームの重要人物と同じクラスになっているのはわかっている。

一人は王太子レオンハルト――レオン。

前の方の席に人だかりができているのがそうだろう。特徴的な金色の髪がちらりと見える。

とりあえず未来の国王に挨拶して、あわよくば友人の位置に納まりたい上位貴族に取り巻かれているのだ。

当分、こちらから近付くのは無理そう。これはあとでいい。

それよりももう一人……一番大切な人物……居た！

新しい教室の窓際の席で、彼女は所在なげに外を見ていた。

この世界を破滅から救うカギを持つ、ゲームの主人公。

いずれ起きる魔瘴による災害が終わってから、人々は彼女を呼ぶようになる――創世のクラウディア――と。

うわー本物のクラウディアだ。

こうしてみると本当に美少女……。

思わず、声をかけるのも忘れて見とれてしまう。

ゲームをやっていたときは、自分でプレイしていたこともあり、ヒロインの容姿とかはあんまり注意してなかったけど、実際に見るクラウディアは、周囲から浮き上がってほのかな光を放って見えるくらい、特別で、美しかった。

彼女は、身の内に潜む魔力の量が桁違いなのだ。

それこそ王太子のレオンや、ジークとも張り合えるくらい。

ふわふわと波打って背中を覆っている、赤みがかったストロベリーブロンド。

冬の星のように薄青くて鋭いジークのものとはまた違う、柔らかで透明感のある水色の瞳。

滑らかで白い肌は、ほんの少しだけピンクがかって、とても柔らかそうだ。

少しだけ吊り上がった猫目は、勝気そうだけど澄み切ってとても綺麗だった。

これなら世界を救って、王子様と結婚しても誰も不思議に思わないよね。

ジークともお似合い……。

彼女ならきっと、彼を救ってくれる。

クラウディアとジークハルトが相思相愛になれば、彼が闇に堕ちることはない。

むしろ、クラウディアと協力し、異母弟であるレオンハルトと和解して、この世界の危機を救うのだ。

わたしは、そこには居られないけれど……。

胸がずきりと痛むのを感じるけれど、同時に安堵もしていた。

彼女に任せれば大丈夫。きっとジークを助けてくれる。

そう思えたので。

まずはわたしが知り合って、自然にジークに紹介するのが一番かな。

さて、どうやって、仲良くなったものか……。

迷いながら眺めていると、ふとこっちを見たクラウディアとばっちり目が合ってしまった。

彼女は大きく目を見張ったかと思うと、立ち上がり、こっちにやってくる。

ど、どうしよう……ガン付けてるかなにかと思われたかな？

あまり目立たないようにそっと見ていたつもりなのだが、不審に思われたかもしれない。

クラウディアはつかつかとわたしの傍に寄ってきて、元気よく話しかけてきた。

「こんにちは！　初めまして！」

うわ。声まで可愛い。

鈴が鳴るような、っていうの？　透明感があって、高すぎず低すぎず、耳に心地いい声だ。

ゲームではヒロインに声はついてなかったから新鮮だ。

「……こんにちは」

わたしは、おっかなびっくりで挨拶をした。

「何、読んでるの？」

手元を示されてとまどう。

開いていたのは、実家の図書室にあった、この国の歴史書なんだけど、クラウディアを眺めるのを気付かれないようにと開いていただけで、さっぱり読んではいなかった。

「ええっと、この国の歴史の本……かな？」

「かな？って、あんまりわかってないの？」

自信なさそうに答えると、クラウディアは目を丸くして畳みかけた。

「実は……ちょっと難しすぎて」

うっ……恥ずかしい。

適当に題名を見て、持ってはきたものの、古語の多いその古い本はわたしの手に余っていた。

「ほんと？　ちょっと見せてもらってもいい？」

クラウディアは躊躇なく、わたしの横の席に座った。

好奇心かな？　きらきらと輝く瞳は、子供みたいだ。

「え、ええ……いいけど……」

わたしが開いていた本をそのまま差し出すと、彼女は、真面目な顔で、文章を辿り始めた。

あれ。クラウディアって勉強できたっけ？

魔法の才能は桁違いだけど、たしか……。

「うーん、だめだ！　さっぱりわからない」

ほどなくして、クラウディアはサジを投げて本を返してきた。

あ、やっぱり……。

くすり、と笑うと、クラウディアも、笑顔を返してくる。

「あ、ごめんね、突然、あなたの顔を見たら、なんかぴぴっと来ちゃって。あ、わたしはクラウディア・ベイルート。平民なんだけど、ちょっと魔力が強かったので奨学金もらって。ここに入るために、一代限りの男爵位を付与されてます」

屈託ない自己紹介。

この子、勝ち気タイプみたい。

プレイヤーキャラであるクラウディアは、ゲーム開始時に、内気・ふつう・勝ち気の三タイプを選べるんだけど、この子……というかこの世界のクラウディアは勝ち気、なのね。

わたしは好きだけど、ちょっとやりにくい、かも？

どのタイプのヒロインであっても、どの攻略対象も落とせないことはあるんだけど、タイプ別に相性がいいキャラが存在するのだ。

ジークはふつうと一番、相性がよくて、勝ち気とはあんまり、だったと思う。内気と一番ダメだったから、それよりはいいんだけど。

勝ち気と相性がいいのは……。

あれこれ思いめぐらせながらも、なにやら期待している様子のクラウディアに、自己紹介をする。

「マリアです。子爵令嬢だけど、あまり裕福なおうちではないので、平民とはあんまり変わらないと思うわ」

「えーえーそんなことないと思うけど！　でも、仲良くしてくれると嬉しい。マリアって呼んでいい？」

「うん。わたしもクラウディアって呼ぶね」

クラウディアが手を差し出してきたので、わたしはそっと握った。わたしのより少し大きい
……というより指が長いのか。背もわたしより高いかな。

すらっとしてスレンダーなのに、出るところは出ているメリハリがあるボディで羨ましい。

「こちらこそ……魔力はあんまり潤沢でないのだけれど、よろしくね」

「そうなの？　でも貴女……マリアの横はすごく安らぐな。気持ちいい」

爽やかに笑いながらさらっとそういうこと言うの、ちょっとジークに似てるかも……。

よかった。

わたしはちょっとほっとしていた。

クラウディアが好感の持てる、素敵な女性でよかった。

やっぱりジークを任せたいと思う人が、自分では好きになれないタイプだと嫌だから。

「安らぐのは土属性だからかな？　母なる大地っていうし、あと治癒魔法がまあ得意だし……」

「なるほどー。あ、わたしね。一応、風、ってことになっているけど……」

クラウディアは言いよどむ。わたしはピンと来た。

「そ、そういう個人的なことのは、また後でね！　二人きりのときがいいな」

「あ、あ、そうだった。そうする」

クラウディアは、ちょっと失敗したかな、と言うように、首をすくめた。

たぶんだけど、さっき彼女が言おうとしてたことが予想した通りなら、ちょっとどころではないと思う。

初対面のわたしを、やすやすと信用して話すってこと自体信じられないんだけど、こんな、誰が聞いているかわからない場所で、なんて。

自分から属性だの得意魔法だの言い出しておいてなんだけど、クラウディアは開けっぴろげすぎ！

誰が足を引っ張りにくるかわからない貴族社会に慣れてないからなんだろうけど、後で少し注意してあげなきゃ。

恐らく彼女が話そうとしたのは、属性のこと。

クラウディアは、表向きは風属性で、風でもまったく疑われないくらい強い。

けれど、実際の彼女の本質は、光属性だった。

内緒にしなきゃいけないわけは、光属性っていうのは、闇……魔瘴に対して、とても力のある属性で、ものすごく珍しいってこと。

クラウディアが出るまでは貴族の中からしか生まれた記録がない。

貴族でもめったにいない存在なので、生まれて光の資質を確認されると、すぐに神殿送りにされる。

神殿で修行を重ね、強さに応じて、司祭になったり、巫子（みこ）になったりする。

性別は関係ない。力で区別。

司祭なり巫子になれば、そのまま神殿を出て他の仕事をしてもいいんだけど、魔瘴の活動が活発になったりすると、呼び集められてそれに対抗する。

もちろん、それに対する高額な手当ては払われるし、人にも尊敬される立場だ。

クラウディアは修行するまでもなく、司祭級以上の力の持ち主なんだけど。

判明して神殿送りにならなかったのは、平民に光属性の使い手が生まれるなんて、考えられないことだったから。

各地にある神殿には平民にも時たま生まれる強い魔力の持ち主を管理したり、適切な進路を指導したりする部署があるんだけど、クラウディアの光の資質もそこで見出された。

そこで大騒ぎになって、彼女の処遇に、すごく揉めたようだ。

王族まで交えた会議の結果、クラウディアがかなり成長していて、秘密裡に貴族の養女にして神殿に入れるのも無理があること、魔力が強いからといっていきなり司祭にするのも反発を生む恐れがあり。そもそも基礎的な知識がないこと、などから臨時に貴族位を与えて、学院に入れることになった。

正直、神殿に入れて、他の巫子に意地悪をされたり、妬まれて足を引っ張られたりするのを恐れたふしもある。

司祭になるのが確実の、平民で知識も不足している女の子って格好のイジメターゲットだから。

神殿といっても、きれいなばかりの場所ではないのだ。

このへん、全部、ゲームの冒頭の説明の受け売りだけど。

ともかく学院で魔術の基礎を学んで使い方も知って、自由に使いこなせるようになって皆に公にされないうちに、クラウディアが光属性なことが中途半端にばれるのはよくない。

貴重だから誘拐して悪用しようと考える人が出てくるかもしれないし。

それだというのに、これだとちょっと危ないな。

わたしは、うーんと悩んで、ふと気が付いた。

これってチャンスかもしれない。

このちょっと危機感のない魔力が豊富な新入生を指導してあげて、ってジークに紹介したら。

生徒会長としても、国の未来を憂う真面目な臣民としても、張り切りそうじゃない？


クラウディアに誘われて、わたしたちは隣同士で座ることになった。

その後、担任のセイラム先生がやってきた。

淡い茶色の髪も神秘的な紫の瞳も記憶どおりだったけど、思ったよりにこやかだ。

たしか笑うにしても、もう少し、ひっそり微笑むような感じだったような？

「やあやあ、ごきげんよう。担任のセイラムです。専門は魔法道具全般。皆、貴族だからそれぞれ顔見知りかもしれないいんだけど、俺は世間に疎くてね。なかなか顔と名前が一致しないかもしれないけど、勘弁して。毎回、名乗る勢いで話してほしいな。とりあえず、簡潔にわかりやすく自己紹介よろしく」

か、軽い……魔法道具専門なのは当たっていたけど、こんな人だったかしら。

ともかく、先生の指名で、窓際の前の方の席から一人ずつ立って自己紹介を始める。

レオンハルト……レオンの番には皆、固唾を呑んで注目した。

静かに彼が立ちあがる。椅子に座ってるとそれほど背が高く見えなかったのに立つと大きく見えるのは……脚の長さのせいね。

うわ。やっぱりこれも生の迫力。

クラウディアと同じ。そこだけ淡く光っているように見える。

生真面目そうで秀麗な横顔。

わたしは、きらきらと輝く金髪に翡翠の目の王子様の現物に、思わず目を見張った。

こう……意識してみると、やっぱりジークと少し面立ちが似てる?

言われなきゃわからないくらい、微妙に、だけど。

「レオンハルト・エイダス・ローゼンハイム。知ってのとおり、王太子をやっている。火属性の使い手だ。ここには一学生として魔法の学習に来ているので、難しいかもしれないが、できるだけ、皆と同じ扱い、同じ接し方をしてもらえると助かる」

目を伏せ気味にして、訥々と語る。わりあい素朴でストレートな自己紹介だ。

ちょっと男らしいとも言える。

わたしはちょっとあれ？　と思った。

レオンってこういうキャラだっけ？

ゲームの彼は、もうちょっと、きらきらしくてにこやかな……いわゆる、王子様だったような感じがしたけど。

これはこれで格好いいけど、なんかイメージが違うなあ……。

そういえば武術にも優れているって聞いたな……。

見た目のきらきらしさに比べて、わりと武人タイプなのかも。

いよいよゲームのキャラとは違ってくるけど、ちょっと脚色が入っているのだと思おう。

脚色ってなんだ、ゲームと今の世界の関係ってなんだ、ってなるけど、深く考えている暇はない。

ジークがあんまりにも、わたしが好きだったゲームのジークのまんまだったので、気にしてなかったけど、やっぱりゲームとはちょっと違うのかも？

クラウディアも勝ち気ってことで納得したけど、予想を上回るくらいなんというか……元気なキャラだったたし。

そういえば、セイラム先生もゲームの穏やかで物静かな彼と違って、ちょっと、ちゃらい……軽やかでお茶目な感じだったような？

「ね、ねえ、王太子だって！　マリア知ってた？」

興奮を隠せない様子でクラウディアが顔を近付けて囁いてくる。

「ええ……うん。貴族の間では話題だったから。あと、王太子殿下だから。人がいるとこでは、殿下って呼んだほうがいいよ」

わたしは曖昧にうなずいて、忠告した。

脳内ではレオン呼びしているわたしもたいがいだけど、そこはゲームキャラだったから、みたいなのがあるわけで。

貴族としての常識では、「殿下」、と呼ぶべきだとは思ってるよ！

そして、知っているかどうかというのは……確かそうだよね。ゲームで、既にお馴染みもよいとこの情報なんであんまり気にしてなかったけど、周りの子もあれこれ言ってはいたはず。

似たもの同士、っていうか、私の友人だと冗談でもあんまり王太子狙いで将来の王妃の座をゲット！　みたいな野心に燃えている子はいなかったから。世間話の噂程度だけど。

エリーゼなんか、王太子妃になってもおかしくない家柄なんだけど、興味ないようだった。

考えてみると、わたしの周りってほんとに平和……。

レオンは王太子っていうの除いても、綺麗だし優秀だから国民とか若い女性には人気あるのにね。

今も彼の出来の良い絵姿が出ると、飛ぶように売れるってきいた。

式典とかのたびに新しいグッズも出てる。

――いいなあ。ジークのグッズとかもなにか出ないかしら。生徒会長だし。

自己紹介が終わって、明日からの授業のやり方について説明されて、今日はそれでおしまいになったけれど、クラウディアの頼みでわたしたちは教室に残っておしゃべりした。

クラウディア的には同級生に王太子が居るのが本当に驚きだったらしい。

そういえば、ゲームの最初のルート……ノーマルエンディングだと、クラウディアは入学式で、ジークを見つめるレオンに気付いて違和感を覚えるんだったわ。

レオンハルトルートになると、そこから彼に話しかけたりする選択肢が出てくる。

最初のルートもレオンハルトのルートも、ジークがラスボスで倒されるので、それとは違う展開になっていることに、わたしはほっとする。

「それで？　入学まで王太子と同級生だってことは知らされてなかったのね？」

わたしが言うとクラウディアはうなずいた。

「わたし、実家はもっと田舎なんだ。この学院に来るために王都に下宿してて……あれこれ情報は集めたんだけど、貴族の間の世間話のことまではさすがに知らなかった」

クラウディアは首を傾げた。

わたしは彼女の言葉にちょっと違和感を覚えた。

「情報？」

首を傾げるとクラウディアは持っているペンを口元にあてながら説明してくれた。

「ほら、わたしって平民出身でしょう？　別にそれを引け目には思ってないんだけど、魔法のこととか、貴族や王族の常識とか、国の仕組みとかね、いろいろと足りない知識があるから、よく耳を澄ませ、目を凝らしていろいろ吸収してきなさい。情報は力だからって先生に言われたの。せっかく学校に行けるようになったんだからって」

「先生って？」

「神殿にいる先生。司祭様っていうのかな？　わたしの魔法のこと見つけてくれたのもそうだし、神殿に来る子供たちに勉強を教えてくれてたから、みんな先生って呼んでたの」

そのひとの話をするクラウディアは優しい顔をしていた。

「そうか……いい先生なんだね」

「うん」

クラウディアは嬉しそうに微笑んだが、すぐに真剣な顔になった。

「でさ、わたしみたいなのは例外で、基本的には高位貴族ほど魔力が強いんだよね？　じゃあ王族って、この国で一番強いってこと？」

「結婚したり、隔世遺伝があったりするから、そう単純にはいかないけど、基本的にはそうね。最高峰の魔力の持ち主ではある、と思う」

わたしは慎重に答える。

実際、なんだかゲームと齟齬が出てきてるし。

でもたぶん、設定とかそういうのは違わない気がする。

この国で今、魔力において優れているのは、現国王はひとまずおき、（国王の位についた時点で、特別なステイタスになるので）レオンハルトとジークハルト、二人の王子と……そしてクラウディアだ。

レオンは火、ジークは水なので単純に二人で戦ったらジークが勝つだろう。

ゲームにおいて、二人が戦うときはジークが魔瘴に冒されて闇属性に変化しているので、また事情が違うけど。

それでもって、闇に強いのは光のクラウディア、ね。

水に対しても火に対しても弱いわけではないので単純な魔力勝負ならクラウディアが一番かも。

そこは男性と女性の体力差とか戦い慣れしているかどうかとかあるので、本当に一概には言えないけど。

ともかくレオンが最強の一角なのは間違いない。

「そうか……最高峰か……ふふっ」

クラウディアは嬉しそう。身体の前で組んだ両手に力が入っている。

ちょっと震えてるけど、その不敵な笑顔から言うと……武者震い？

「クラウディア、もしかして、殿下と戦ってみたいの？」

「うん！」

クラウディアは嬉しそうに言った。

「わたしは平民だから、周りにはそんなに魔力がある子いなくって。軽くやったつもりでも怪我させちゃうことになるから、手合わせとかやめなさいって先生が。で、初めて先生が相手してくれたときにね、思いっきりやっても防がれて、叩きふせられるのがもう気持ちよくって！」

クラウディアはキラキラと瞳を輝かせる。

正直、ちょっと引いた。

そ、そういうものかな？　魔法を思い切り使うといっても、戦うだけじゃないと思うな。わたしは。

「で、ずっと先生相手に修業してたんだけど、ある日、勝っちゃってね。もう僕では相手にならないから、魔法学院に行きなさい。そうしたらその有り余る力を有効に生かせる術もわかるだろう。でも、たいがいの貴族は君より弱いし、平民の君に負けたらプライドを傷付けられて逆恨みする者もいるだろうから、慎重にって……」

「わたしも、その方がいいと思う……」

わたしが言うとクラウディアは、ちらりとわたしを見た。

「マリアならきっと、わたしに負けても逆恨みはしないよね？」

「逆恨みはしないけど、相手にならないから勘弁してほしい……。たぶんその先生より弱いよ、わたし。そもそも戦闘用の魔法はほとんど使えないし……」

「そっか……残念。でも、ほら、最高峰なら問題ないよね！　さっき皆と同じ扱いをしてほしいって言ってたし！」

「たぶんね……でも、そういうのってもう少し、仲良くなって、お互いのことを知ってからの方がいいんじゃない？」

「えええええ」

あからさまにがっくりと肩を落とすクラウディアの肩をわたしは叩いた。

「魔法の使い道なら、これからたっぷり勉強するし、攻撃魔法をどうしても使いたいなら、魔力を吸収して、その数値を測ってくれる人形もある訓練所にいけば……」

「え、ほんと？　そんなのあるの。行く行く！」

「今日はまだ新入生には開放してないと思うわ。それより」

わたしは思い切って切り出した。

「王太子殿下と同じくらい強い人を知っているのだけど、会ってみる？」


九月になってもまだまだ暑かったのだけど、十月になるとやっと涼しくなって、木の葉が色付き始めた。

空も心なしか、澄んだ色になってきて、高く感じる。

そういえばどの世界でも空ってあるんだな……。

太陽もあって、前の世界と変わらないっぽい。

月は二つあるけど。十二ヶ月とか一年三百六十五日とか前と同じ。

そこらへんゲーム的な都合だと思っていたんだけど、パラレルワールド的ななにか、なのかなあ。

わたしはそんなことを思いながら、学院への道を歩いていた。

貴族なだけに馬車で通学する人も多いけど、学院は王都の中心にあってほど近く、徒歩通学も珍しくはない。

もっとも従者も侍女も連れないでいるのは、わたしくらい。

最近は、連れもできた。

「あ、マリア! おはよう!」

ぶんぶんと手を振りながら、クラウディアが駆けてくる。

彼女は下宿させてもらっているパン屋さんで、朝、アルバイトをしてくるのだ。

もちろん、彼女には王都でも家賃やら生活費やらがまかなえるだけの、十分な奨学金が払われているんだけど、クラウディアとしては、田舎にいる家族に、少しでも多くの仕送りがしたいらしい。

クラウディアは長女で、下に妹と弟が二人ずついるんだそうだ。

ポートレートを見せてもらったけど、とても可愛かった。

……まあそのへんも、ゲームでね、知ってはいた。

でも、妹と弟のビジュアルは出て来なかったから、なんか感動する。

美人のクラウディアの弟妹だから、当然のごとく、ひいき目抜きでめっちゃ可愛かった。思うにご両親も美男美女なんだろう。

わたしはゲームのこととは離れて、クラウディアのことがとても好きになっていた。

ちょっと迂闊(うかつ)で、直情的、あと戦闘好き……悪い言葉で言うと、脳筋……脳みそ筋肉、とか言われる人種だけど、裏表がなくて可愛い。

正義感も責任感も強いから、きっと、学院の危機には力を発揮してくれるだろう。

わたしも、自分の持てるだけの記憶を駆使して、被害を最小限にするつもりではあるんだけど……。

肝心のジークとクラウディアの仲はといえば、なんというか微妙だった。

決して悪くはない、悪くはないけど。

ああ、やっぱり脳き……勝ち気バージョンだと、ジークとは相性悪いのかしら。

わたしは入学式の日、初めて二人が顔を合わせてときのことを思い返す。


「こんにちはーって、あ、生徒会長⁉」

魔法でジークに伝令の声だけ飛ばして、訪ねていく了承をもらってからわたしたちは生徒会室を訪ねた。

もう他の生徒は出払って、ジーク一人が書類仕事をやっていたようだ。

「マリア。ちょうどよかった。送っていくから一緒に帰ろうか……と？」

ジークはわたしの後ろで、おっかなびっくり生徒会室を覗き込んでいるクラウディアに気が付いて目を細めた。

「奨学生のクラウディア・ベイルート嬢か。一代限りで男爵位を付与された」

「あ、は、はい。そうです」

クラウディアは心なしか、びしっと敬礼をする軍人みたいな格好でジークに答えた。

「あ、あのね、わたしと同じクラスになって、話をしたんだけど、彼女、いろいろまだわかってないみたいで……話が聞けたらな、と」

「ふーん……なるほどね」

ジークはちょっと首を傾げて、わたしの顔とクラウディアを交互に見て深く吐息をついた。

心なしか、ちょっと不機嫌そう?

わたしは内心、あせっていた。

別に一目会ったとたん、電流が走って二人がいきなり恋に落ちる、と思っていたわけではないけど。

ゲームのジークハルトルートを考えても、もう少し好意的な感じになるかな、とは感じていたので。

マリアはと言えば、ひたすら緊張している。

ここはゲームみたいに、綺麗な人だな、とか見とれるとかなんとかないのかしら。

ジークは淡々と言った。

「わかった。立ちっぱなしもなんだから入って座ってくれ。マリア。控え室にひととおりのものはあるからお茶を淹れてくれるか?」

「わかりました!」

ジークが生徒会室の横にある給湯室みたいなものを指し示したので、私は急いでそちらにむかった。お湯を沸かすケトルや、淹れるためのティーポット。カップや茶葉が数種類。豊富に揃(そろ)っている。

うん、これなら美味しく淹れられそう。

わたしが急ぎつつもじっくり、ジーク好みのお茶を淹れている間、ジークはクラウディアと向き合い、彼女にここに入学するまでの経緯とか、学院でなにをしたいかなどを聞き出していた。

落ち着いた声で、丁寧。有能な面接官みたいな口調だけど、わたしにはわかる。

あれはあまり機嫌がよくない。

おかしいな。声を飛ばしてやり取りしたときは、どちらかというと嬉しそうだったのに。

控え室でも話し声はだいたい聞こえる。

クラウディアは、わたしに話していたときとは違い、しゃっちょこばって、つっかえつっかえ話していたけど、おおむね、同じことを伝えられたらしかった。

ついでにわたしが教室では言うのをやめさせた光魔法の遣い手であることも話してしまったみたい。

その内容は、わたしがゲームで知っていたことと同じだったけれど、それを話してしまうのは、わたしが思った以上に大変なことだったようだ。

「バカかな君は」

抑えた声で、けれど、厳しさを孕(はら)んだジークの叱責が聞こえた。

「俺は、生徒会長として特別に君の事情は聞いている。しかし、それを事前に君には言わなかった。君は初めて会った相手に、誰彼となくそれを話すのか？　極秘事項だとは言われなかったのか!」

あ、ジークは知ってたんだ……。

でも、だよね……クラウディアはなんで……。

わたしが、うーんと悩みかけていると、爆弾発言が飛び出した。

「極秘事項なのは知ってます! 先生に厳しく言われたから、他の人に話したりしないわ。でもその先生が、あなたたちには話していいと言ったんです」

え……?

どういうこと?

ジークも不審そうに言う。

「……俺もマリアも君とは初対面のはずだが?」

「ええ、だから今日知り合って初めて好感を持った女性と、その子が紹介してくれる男性にはなにもかも打ち明けて力になってもらえ、と……」

クラウディアは言った。

えーと?

わたしと会うことは勿論、わたしが彼女をジークのところに連れていくことは、わたしが行き当たりばったりに思いついたことだよね。

だったら、それって……。

「予知能力者か……」

ジークは、呟いた。

「君の言う先生は、君の生家の地区……ノーザンドにある神殿の司祭だと言ったな。名前を聞いてもいいか？」

「え、ローラント先生です。メガネで金褐色の髪の」

「ローラント！　ローラント・カインか。また厄介な……」

ジークは忌々しそうに呟いた。

なに……？

わたしは一生懸命、思い出そうとしたが、その名前に覚えはなかった。

ゲームには出てこないひとだと思う。

「お茶が入りました……」

とりあえず、盗み聞きみたいになるのはよくない。わたしは少し先から声を張り上げて、二人が居る場所に向かった。

ジークの横に座り、温めたティーカップにストレーナを被せて、お茶を淹れていく。

控え室にスコーンとトースターもあったので、お茶請けに温めて添えた。

「うわー。美味しそう。いい匂い！」

クラウディアが歓声を上げた。

ジークはというと、今度は難しそうな顔で、むっつりと頬杖をついて考えこんでいる。

「ジーク？」

「ああ、ありがとう」

それでもお茶とスコーンを差し出すと、礼を言って受け取ってくれる。

「なにか……？」

わたしが訊くと、ジークはガリガリと頭を掻いた。

「このお嬢さんの世話、てっきり君がお人好しで巻き込まれたのだと思ったんだが、そもそもどうやら古い知り合いの差し金のようだ」

「知り合い？」

「ミュラー伯爵家の次男のローラント。身よりを亡くした俺を今の家の養子にと推薦してくれた人物だ。Ａクラスの予知能力の持ち主だ。借りを返せ、という気らしいな……」

Ａクラスはちょっとすごい。

国家級の天変地異とか予言したりして、勲章をもらったりすることがあるクラスだ。貴族の中でも出て来るのは稀で、わたしは会ったことがない。

ちなみにわたしはＣクラスである。

それより養子に、というなら、ジークのお母様の冤罪事件の関係者？

わたしは訊くに訊けなくてじりじりする。

ジークはもう一度、溜息を吐くと、紅茶に口を付けた。

面倒くさそうだが、さっきより落ち着いているみたいだ。

「その、ローラントって人のこと、嫌いなの？」

ジークの様子からそうでないのはわかっているけれど、あえて訊いてみた。

好きなの？　って訊いても、どうせ素直には答えないから。

「嫌いというわけじゃない。恩人は恩人だし」

ジークはむっつりと言った。

「ただ、一事が万事こんな調子で、人をけむに巻いて楽しんでいる節があるのが気に入らない」

「ローラント先生はいい人ですよ！」

悪口を言われたと思ったのか、クラウディアが控えめに抗議した。

ジークはわかっているというふうに手を振る。

「そんなことは承知の上だ。ただ、彼の俺に対する愛情表現が、ひねくりねじ曲がっているだけさ」

いったい、どんな人なんだろう……逆に興味がわいてきた。

よくわからない経緯が入ったけど、結果、ジークもクラウディアの面倒を見る覚悟は決めてくれたみたいだ。

「ローラントの頼みなら仕方がない。確かに野放しにしておくと危険そうだし」

そうね……。

光魔法の遣い手であるのをわたしやジークに打ち明けたのにはそのローラント先生の指示があったにしても、教室で話そうとしたのは、クラウディアのうっかりに違いないもの。

さっきもレオン……王太子殿下にいきなり手合わせ求めて突撃しそうだったし。

ちなみにそっちはジークには言ってない。言ったらなにを言われるか。

「えーと、話が見えないんですけど」

クラウディアが手を挙げて訊いてきた。

「君の先生が俺の古い知り合いで、俺たちが面識を持つことを予知した上で、君に事情を話すように指示したってことさ」

「先生が?　ああ、そういうこと」

クラウディアが、ぽんと手を叩いた。

いつのまにやらジークに対する緊張が解けている。

「それならそれで、普通に紹介状でも書いてくれたら良かったのにね」

クラウディアはあっけらかんと言った。

「その手間を省いたんだろう。そういう人物だ。」

ジークは淡々と言った。

「そういうわけだから、明日の放課後、また来るといい。攻撃魔法の訓練場を使えるように話を通しておく」

「本当!?　ありがとうございます」

嬉しそうに言ったクラウディアは、少し間をおいて、もじもじして言った。

「あの、それで、生徒会長はわたしと手合わせ、してくれたりしませんか?」

「百年早い」

ジークはじろりと彼女を見た。

「魔力は相当高いらしいが、落ち着きがなく隙だらけだ。君のクラスにいる王太子殿下でも倒してから、また来るんだな。そうしたら考えなくもない」

「えええ。そんなあ」

クラウディアは残念そうな声を出す。

わたしは、ジークが間接的にでもレオンのことに触れたことにドキリとして彼の顔をうかがった。

ジークは変わらずクールな横顔で、紅茶を飲んでいる。

平気そう？

レオンとその実家に復讐する気はないのかしら。

元々、わたしたちが学院に入学する時点で、ゲーム当初のようなすさんだ感じはなかった。

どの時点だかは不明だけど、お母様の死の真相は知らされているはずなのに。

じゃあ、ジークが闇堕ちするのって、ほとんど魔瘴のせい？

でも、心にそういう隙がなければ、彼のように意志の強い人が魔瘴に乗っ取られたりはしないはずなんだけど……。

どう判断すればいいの……。

クラウディアは、ちょっとの間、口を尖らせていたが、ジーク相手に粘っても仕方ないと見切りをつけたらしい。鞄を持って立ちあがった。

「まあ二人と知り合えたし、訓練場を使えるだけでも嬉しいからいいか。生徒会長ありがとう。

マリア、帰ろう？　家はどっち？」

クラウディアの言葉に、ジークは立ちあがってわたしの肩に手をおき、クラウディアに対してはまるで追い出すかのように、生徒会室のドアを示した。

「さようなら、ベイルート嬢。帰るのは一人でどうぞ。マリアは俺と帰るんだ」


思い出すと恥ずかしくなってきた。

クラウディアはむっつりした顔のジークと、ほんのり赤くなるわたしの顔をあっけに取られて見比べたあと。

「あーあーそういうこと！　そうならそうと言ってくれたらいいのに！　お邪魔さまでした！マリア、また明日ね！」

そう言ってさっと風のように部屋を出て行った。

絶対、そういう仲だと思われたよね……。

結局、婚約者のまま、だから間違ってはないのだけど……。

ちなみにクラウディアは、それについてはなんの感慨もないようだった。

今は、ジークと戦うためにもレオンに勝ちたい。でも、生徒会の誰それもなかなか強そうだった！　とか話している。

この先、あの二人、どうにかなるのかしら……。


ちなみに、レオンとクラウディアの手合わせについては、つい先日、実現した。

攻撃魔法と防御魔法の授業で、先生が、その二人を名指しで対戦させたのだ。

魔法の種類は自由。地に膝をついた方が負け。相手を傷つけてはいけなくて、かすり傷でもつけたら、傷つけたほうが負けになる。

運動場の真ん中で、二人は向かい合う。

ちなみに学院の子はみんな、自分用の杖を持っているんだけど、それを普段使うか使わないかは人それぞれだ。二人は持っていなかった。

見学者はできる限り、距離を取るように言われ、わたしもドキドキしながら、二人を見守った。

レオンは、火の魔法の遣い手。

クラウディアは、表向きは風の魔法の遣い手。

火は風を克するので、最初からレオンの方が有利だ。

けれどクラウディアに臆したところはなかった。

彼女は挑戦的な目で、開いた左手の上に、風の渦巻きを作った。

レオンは整った横顔に特に表情を浮かべず、クラウディアに対している。

クラウディアは風の渦を、野球のボールのように振りかぶって、レオンの足下に投げ付ける。

足場を崩すのが狙いらしい。

レオンは同じように左手に火の渦を作ると、風に向かって投げ付けた。

炎は、風に煽られて、ごうと燃え上がり、風の渦を呑み込み、そのままクラウディアに向かう。

「きゃっ！」

熱風を感じたのか、クラウディアが腕で顔を庇うようにして、一歩、後ずさった。

けれど、炎は彼女に触れる一歩手前で、壁のようになってクラウディアには触れず、さっと消滅する。

腕を下げ、恐る恐るそれを確かめたクラウディアは、きっとレオンを睨んだ。

「やるわね」

彼女はまた作った風の渦を今度は自分の足下に落とした。

そこに乗るようにして高く飛び、懐から杖を出し、レオンに向かってなにかを仕掛けようとした。

レオンは慌てず、一歩下がり、自分も風を巻き起こして、クラウディアを吹き飛ばす。

「えっ?」

空中のクラウディアは、体勢を崩した。

そのまま前を向いたまま地に落ち、尻餅をつく。

「えっ、えっ?」

先生がピーッと笛を吹く。

「それまで。レオンハルトに一本」

観客が、わっと声を上げた。

「ありがとうございました」

レオンハルトは無表情のまま、きれいにお辞儀をして、踵(きびす)を返した。


「あれは卑怯だよね！　火属性の遣い手っていうから、火でくるとばっかり！」

先日のことを思い出したのか、学院に向かいながらクラウディアがぷりぷり怒る。

「魔法はなにを使ってもいいってルールだったから……それに火だとどうしても相手に怪我をさせそうになるでしょう？」

各属性の遣い手、とはいっても、一番得意な魔法で振り分けられているだけで、一属性しか使えないわけではない。

「そうだけどー。私も絶対今度は違う属性使って、あのポーカーフェイスを崩してやる！」

クラウディアは拳を握った手を突き上げる。

だ、大丈夫かな……。

「張り切るのは良いけど、その、内密にしてる力を使うのはやめてね……」

わたしがあせりながら言うと、クラウディアはあっけらかんと笑った。

「それは大丈夫！　普段は封印されているから。ほら」

左手を振って、袖に隠れている金のリングを見せてくれる。

「特別な呪文がないと使えないの。これ」

ちょいちょい、と手招きされて、耳打ちされた。

それって……。

何の前振りもなく、無造作にもたらされた情報に、わたしは目を見張る。

「ちょっと！　いきなりそんなもの託されても困るわ！」

「まあまあ、念のためだから。緊急のとき、わたしが意識なくしてたら、これがトリガーで目が覚めると思うの」

「だから重いって！」

わたしは抗議するけれど、一度、聞いてしまった記憶はなくなってくれない。

「だって誰かに託そうと思ったら、マリアしか浮かんで来なくてさ」

「うう……」

クラウディアが平民だから皆に避けられて友人が少ない、なんてことはない。

もちろん、一部の高位貴族にはそういう人もいるけれど、ごくわずかだ。

内面から輝くように美しく、負けたとはいえ、王太子と互角に戦う実力。

特例を設けてまで魔法学院に彼女を迎え入れた国家の意向。

何より、さっぱりして快活。漢前な気質もあいまって、クラウディアを嫌う人は少ない。むしろ憧れて近付いていく人が日に日に増えている、と思うんだけど。

初日に言葉をかわした、というだけで、なんだか親しまれているみたい。

友達になるきっかけなんてそんなもの、とは思うんだけど。

いいのかなあ、と、複雑な気持ちだ。

だって、わたしモブだよ？

ヒロインの友達とかアドバイス役でもなく、かといって悪役でもない。

攻略対象のジークの婚約者……と考えると悪役令嬢？　みたいなポジションかもしれないけど、二人が恋に落ちたら邪魔する気ないいし。

そもそも、今のところ、まったくそんな素振りないしなあ……。

ゲームのジークルートに入る、一番の必須条件は「クラウディアが入学してすぐにジークと出会って言葉をかわすこと」であるので、まあいいかな、と最近は達観しているのだけど。

悪役令嬢と言えば……。

「あらあら。マリアさん、貴族令嬢ともあろうものが供もつけずに……なにか事故にでも遭われたの？」

少し趣味が悪いくらい華美な馬車が、歩いているわたし達の近くに寄ってきて停まった。

クラウディアが、げ、という顔をする。

馬車から顔を覗かせるのは、二年生のマチルダ。生徒会副会長で伯爵令嬢だ。

金髪碧眼の凄味のある美女ではある。

ゲームでいう悪役令嬢ポジションに当たるのがこのひと。

平民のクラウディアを目の敵にしていびりにかかる……はずなんだけど、何故か、わたしへの風あたりの方が強い。

ジーク狙いみたいなんで仕方ないかな。

婚約は公にしてなくても、わたしのエスコートしてくれたり、一緒に帰ったりは見られてるし。

もちろんクラウディアもわたしと一緒にいることが多いので、とばっちりくらうことは多いし、嫌っているみたい。

わたしは息を吸い込んで、落ち着いた声を出した。

「おはようございます。マチルダ様。事故ではなく、歩くことにしているだけです。近いですので」

「まあ、それは……お気の毒に」

マチルダは、驚いたというように目を見張って、扇で口元を隠して見せる。

ドレスならよくある仕草ではあるけど、学生服だからちょっと滑稽だ。

そもそもこのひと、悪役ポジションではあるけど、魔障とは関係ないのでゲームでも影が薄い、っていうか、かなりチョイ役なんだよねー。モブよりは上、くらい。

でもまあ、痛くはないとはいえ、攻撃されておとなしくしてるほど、わたしも優しくはないし。

「ありがとうございます。でもご心配なく。帰りは時間が遅いのでジーク……生徒会長が送ってくれますから。親しくさせてもらってますので」

わたしは、にこやかに言った。

「あ、あら……そうですね。エイゼン侯爵家とへリング子爵は親しくなさってますものね、でも親同士が親しいからと言って、あまりジークハルト様に甘えるのはどうかと……」

「ええ、わたしもそう言って断るんですが、彼がどうしてもと聞かないので、よければマチルダ様からも忠告していただけませんか？　親同士が親しいからって甘やかすのはよくないって」

マチルダの顔が強張った。

「そ、そうですわね。考えておきますわっ」

彼女が早口で言って、馬車のカーテンを閉める。ものすごい勢いで馬車が走り出す。

わたしはそれを見送って小さく舌を出した。

クラウディアは笑ってわたしの肩を叩いた。

「あははは。マリア、最高っ！」

「うーん、別に放っておいてもいいんだけど、ああいう人は放っておくと調子に乗るから……」

以前、ジークにも言われたことだ。

自分さえ我慢すればいい、という考え方はよくない。

単に自分が面倒ごとに巻き込まれるのが嫌だ、という心理が働いているからで、それを繰り返すと相手は増長して、必ず他の者にも不利益をもたらす。

自分が相手を言い負かして勝ち誇りたいというのではない、増長している者の鼻っ柱を折ってやることは必要なのだと……。

言っていることは正しいけど、ああいう人を追い詰めるジークって超絶楽しそうだから、若干、趣味が入っている気もしなくもない。

「なるほどね。さすが生徒会長!」

クラウディアは疑問に思わないようで感心しているけど。

わたしはこの際とばかり、気になっていたことを聞いてみた。

「クラウディアはジーク……生徒会長のことをどう思う?」

「どうって、有能で頼りになると思ってるよ。見た感じだけど魔力も強いよね、是非、一度、手合わせしたい!」

また拳を振り上げている。

「ええと、そういうことじゃなくて、格好いい、とか素敵、とか……」

「またまたー否定してるけど、マリア、恋人なんでしょ、自分の彼氏捕まえて格好いい、とか!」

背中を叩かれた。ちょっと痛い。

「違うって! でも、そう、親しいけどね、親しいからこそ欲目が入るっているか、客観的な忌憚ない意見を聞きたいというか……」

わたしが必死に言い募ると、必死さは伝わったのか、クラウディアは、先ほどよりはちょっと真面目に考えてくれた。

「ん、そうねー。客観的に見てもかなり格好いいほうじゃない? 顔立ちは整ってるし、背も高いよね。痩せすぎでも太ってもいないし、けっこう鍛えてそう、あ、あと」

クラウディアは、閃いた、という顔をした。

「なんかさ、彼、レオンハルトに似てない？　ちょっとしたときの横顔がさ」

「……誰が聞いてるかわからないところで、その名前はやめて……」

わたしは、周りを気にしながら言う。

どうのこうの言いつつ、真っ向から戦ったことで、二人の間には友情めいたものが芽生えたらしく、殿下から名前で呼べと言われたらしいけど、問題は本人より周囲の耳目なのだ。

「大丈夫だって。ね、似てない？　レオンハルトと生徒会長」

クラウディアはころころ笑いつつ追及する。

「そ。そうね……そう言われるとちょっと似てる……かも？」

そのくらいは許容範囲だろう。

わたしも似てると思っていたし、うっかりムリに否定しても、どっかでボロが出そう。

「だよね！　やっぱり高貴な人ってのは似るのかな？」

クラウディアははしゃぐ。

わたしはもう一つ、聞きたいことを思いついた。

「それで、王太子様のことはどう思ってるの？」

「倒したい！」

クラウディアは間髪容れずに言った。けれど、そのあと、少しだけ躊躇しながら言う。

「だけど、ちょっと、格好いい……かな？」

ほんの少し、耳元を染めるクラウディア。

わたし、軟弱なタイプは苦手でさ……悪いけど、セイラム先生とかちょっと苦手。レオンはその点、しゅっとしてるよね、とかなんとか、ぶつぶつ言っている。

わたしは、ああ、と思った。

心配な気持ちが少しとほっとする気持ちがないまぜになる。

このまま進んで、彼女はレオンのルートに入ってしまうのではと、心配する気持ちと。

わたしでは到底、太刀打ちできない素敵な女性で、今では大切な友人でもあるクラウディアがジークに興味がないことに安堵する気持ちと。

どのみち、人の心は変えることができない。

「ね、マリアはどう思う？　王太子殿下とかそういうのは抜きで！」

クラウディアが、わりと真剣な様子で聞いてきたので、わたしもさっきのお返しにちょっと真面目に考えた。

「そうね。確かに。王子様っていうのを除いても、綺麗な金髪に緑の目で、すごく格好いいと思うわ。背も高くてすらっとしてるし、武人っぽい身のこなしが凛々しい。あと」

わたしはつい、付け加えずにはいられなかった。

「ジークハルトに、似ていると思う」

第三章　俺の婚約者の様子がおかしい

「マリア。学院の創立記念日パーティだが、ドレスの用意はできてるか?」

放課後、暇があると俺の傍にきて生徒会室を片付けたり、お茶を淹れたりしてくれている婚約者に声をかけると、彼女はびくんとして、後ろめたそうな顔をした。

「あのね、ジーク……それなんだけど」

「まさか、俺のパートナーはできない、とか言わないよな」

俺は腕組みをして威圧的に言った。

言われたところで却下するに決まっているが、そもそもそんな言葉は聞きたくもないので、前もって封じておく。

案の定、マリアは目に見えて動揺した。

手をあわあわと空中に浮かせて、目がきょろきょろする。

リスにぶつからないようドングリを投げて威嚇したときみたいだ。

ちょっと可愛い。

そんな悪戯は五歳くらいまでで今やってるわけではないぞ。念のため。

「えぇえっ……だって、でも……」

「婚約者だと言わないと約束したが、パーティはいつも二人で出ていただろう?」

それこそ今更だ。

今までも、マリアを理由に多くの誘いを蹴っている。

そもそもこの魔法学院の創立祭のパーティは、大規模な舞踏会が目玉なので、男女のペアで出席するものなのだ。

まさかこの俺に一人で出ろとか、他の女生徒を誘えというつもりじゃないだろうな?

「そうだけど……え、じゃあジーク、去年はどうしてたの?」

「君がいないから仕方なく前生徒会長に誘われて出たな。彼女もパートナーが先に卒業してしまっただけで、余計な意図はない」

「そうなの……。あのね、でも」

「君の友人のクラウディアなら、王太子殿下に誘われていたようだが?」

「そう……えええええっ⁉」

マリアは目を丸くして、飛び上がった。知らなかったようだ。

俺もついさっき、諜報役から報告を受けたばかりだから無理もないが。

「えっ、王太子殿下って、あの王太子殿下? レオン……ハルト様のことだよね。いつのまに……」

可哀想なくらい動転しているけれど、王太子のことを名前で呼ぶのは気に入らない。

「あのもなにも、この国に王太子は一人しかいないが、彼を名前で呼ぶような仲に？」

「え、ええっ、そんなことはまったくないけど、クラウディアがよく手合わせ申し込むのについていくから、自然とちょっと話すようになって！」

俺は目を細めた。

「ふうん……やっかまれるから俺との婚約は学院では隠すように言うくせに、王太子殿下と親しいのはいいのか」

「し、親しいって、そんなレベルじゃ全然ないし、親しいのはクラウディアだし！」

わたわたして、全身で否定するマリアはやっぱり可愛いが、これでは話が進まない。

「まあ今はいい。ともかくクラウディアと王太子がパートナーになるんだろう。それで？　俺と君が一緒に出るのになにか問題が？」

マリアはあからさまに挙動不審になりながら、視線を逸らした。

「実はわたし、去年の秋から新しいパーティ用のドレス作ってなくて……」

そんなことだろうと思った。

俺は溜息をついた。マリアは、ますます縮こまる。

「ごめんなさいっ！　今年は不作続きで、みんな倹約ムードだから……」

すまなそうに謝るが、子爵家が経済的に苦しいことを怒っているわけではない。

「だからって、子爵はただでさえ多くない君の衣服代まで節約しろとは言わなかったと思うが？」

「言われませんでした！　言われなかったけど、でも」

「自主的に辞退して、しかも既に使ってしまったってことか。孤児の支援?」

「う、うん。……」

「そういう自己満足的な自己犠牲はどうかと思うけどね。何よりどうして俺に相談しなかったんだ?」

「それは……」

マリアは後ろめたそうな顔をした。

女性の衣裳が去年と同じだったり、あまり上質なものでなかったりしたら、パートナーの俺の恥にもなる。

だからこういう場のドレスは、マリアもいつもなら精一杯やりくりして用意していたものだ。

おおかた今回は、俺にクラウディアを誘うように持ちかけて自分は出ないつもりでいたんだろうが。

そんなことは予測済みだ。

「こら」

下を向いて、あれやこれやと考えこんでいるらしい彼女の額をこづく。

「まだ何か余計なことを考えてるな」

「うっ……」

「すぐに顔に出るんだから、諦めればいいのに……ともかくそういうときは、俺を頼れと言っただろう」

「えっ……」

俺はパチリと指を鳴らして、背後の棚にあった箱をこちらに引き寄せた。

銀色の包装に、真珠色のリボンをかけた箱がふわりと飛んできてマリアの前に下りる。

「開けてごらん？」

「まさか……」

マリアは目を見張った。

平たい形状や今までの流れから予想はつくだろう。

「そのまさかだろうな」

「えええっ」

マリアが恐る恐るという形で、箱の蓋を持ち上げた。

そこには上品なピンク色の生地のドレスが入っている。

「……綺麗……」

こういうときは女の子だな。食い入るようにドレスを見ている。

ほうと息とつき、頬がうっすらと紅潮する。

可愛い。

「広げてごらん」

彼女がそうっとドレスを持ち上げるとさらさらと音がなった。

セレスティア産の上質なシルクだ。

舞踏会で、意地悪く他人のドレスの品定めをする連中でもちょっと文句はつけられないだろう。

「君に似合うと思って注文しておいてよかった」

俺は微笑んで言った。

なにかと遠慮しがちで贈り物も拒否する婚約者に、できるかぎりの金をかけて俺が厳選したドレスを着せられるのは楽しい。

俺のパートナーを避けようとしていたのは大問題だが、一度やってみたかったことを実現できそうなので、よしとしよう。

「で、でも……」

「俺に恥をかかせる気かい?」

「……ありがとう……」

マリアはやはり嬉しそうに、けれど、少しだけ不安そうな様子でドレスを抱きしめた。

このところ、よく彼女はそんな顔をする。

どうしてそうなんだ。

なにかあるなら、どうして俺に頼らない?

俺は少しせつなくなって、彼女の髪を一筋取り、それに口づけた。

「!　な、なに」

マリアは真っ赤になって、潤んだ目で俺を見る。

「いいかげん、なにを悩んでいるのか話す気にならないか?」

「え、え、なんのことかしら」

うろたえながら、マリアは手をバタバタさせて明後日の方を見た。

こんなにもはっきりと俺が好きだと顔に描いてあるのに、なんでまた離れようとするんだか。

マリアは隠しているつもりかもしれないが、学院に入る少し前から、いや、恐らく、義父が死んだ前後くらいから、彼女の様子がおかしいのはわかっている。

俺が塞いでいたら、親身になって慰めてくれて、寄り添おうとするくせに、俺との婚約を公表するなと言うし、ともすれば婚約は仮であって、他に好きな人ができたらすぐに解消していいようなことを言う。

この婚約は仮だよね……等、悲観的なことを言うのは前からだが、自分から別れることを匂わせるのは最近になってからだ。

俺ともできるだけ距離を取るように試みている。一時はあからさまに避けられた。

まあ俺がそんなことは許さないので、たいがい失敗しているが。

ついでに言えば、同級生になった平民出身の奨学生と俺を、やたらと一緒にさせようとしていたのもわかっている。

最初はその奨学生がマリアをそそのかしてやらせているのかと思って警戒していたが、どうもそうではないらしい。

俺もそうだが、相手のクラウディアも俺のことをマリアの恋人と認定して、まったく異性として意識してないのはまるわかりだった。

魔術の訓練などで話すことがあるが、だいたい話題はマリアのことで盛り上がっている。

マリアがなにかと彼女との用事を優先させるのは面白くないが、マリアの可愛いところや良いところなどでいろいろ意見が一致するので、前よりは好感度が上がった。

俺が見られない教室でのマリアポートレート（魔法の力で視覚情報を紙に焼き付けたもの）でよく撮れたやつなどもくれるので重宝している。なかなか話のわかるやつだと思う。

……閑話休題。マリアのことだ。

俺狙いの貴族の令嬢に嫌がらせをされたのか、それとも子爵家の方でなにか問題があったのかと思ったが、そうではないらしい。

引き続き、側近にもいろいろ調べさせているが、どうにも埒があかない。

それでいて、相変わらず俺のことはうっとりと見つめてくるし、いろいろ気遣ってくれる。

心が離れたのなら（それでも引き戻す自信はあるが）まだしも、そんな顔をしておいて引き下がれるわけがない。

なにか心配事があるなら、俺に話せばいいのに。

マリアの相談なら、なにがあっても解決してやるのに。

じりじりする思いを持てあましながら、俺は彼女と婚約する前後のことを思い出していた。

マリアは婚約を申し込まれた日に俺と初めて顔を合わせたと思っているようだが、少し違う。

俺が彼女を初めて見たのは王立図書館でのことだった。マリアは読書が好きだし、実家はあまり裕福ではないので、図書館で本を読むことが多い。

最初に思ったのは、なにがそんなに楽しそうなんだろう、ということだった。

流行り物らしい、恋愛小説めいたぶあつい本を胸の大事に抱えて、彼女はまるで鼻歌でも歌うような調子で（図書館なのでさすがに自重していたが、屋敷ではよくやっている）隅っこの閲覧席に歩いて、そこに座った。

俺は調べ物があって、ちょっと離れた席にいたのだが、あまり集中できず、自然、彼女の様子をなんとはなしに観察していた。

彼女は最初、真面目な顔でページをめくっていたが、途中あたりから、百面相を始めた。

最初は頬を染め、ちょっとうっとりした顔、その後、少し眉をひそめて心配そうな顔。

その後、少し嬉しそうになったかと思うと、急に目に見えて真っ赤になった。

ぱたりと本を閉じて、なにを思ったのか、きょろきょろとあたりを見回す。

そうして目を閉じて深呼吸して、また本を開いた。

そのまま手を口元にやったり、頬杖をついたり落ち着かない様子でページを捲っていく。

ははあ、ラブシーンを読んでいるんだな。

俺は見当をつけた。最近の恋愛小説はちょっと露骨すぎて品がないと義母がぼやいていたから、そのあたりだろう。

歳の頃は十三、四歳くらいだろうか。俺とあまり変わらないか少し下。

少し刺激が強いかもしれないな。

とはいえ、王立図書館に所蔵されるくらいだから、そこまでのものでもないだろうが。

気が付くと俺は資料そっちのけで、その見知らぬ令嬢の観察に集中していた。

ずっと彼女の顔を見ていたいと思うと同時に、彼女は誰だろうという好奇心も湧く。

王立図書館は貴族も平民も出入り可能だ。服装等があまりふさわしくないようだと入口でチェックが入るが、簡素でも清潔にしていれば問題ない。

よくないことだが、一部の貴族が平民に嫌がらせをしたり威圧的に振る舞ったりということがないではないので、平民で入ってくるのはよほどの学究の徒か裕福な平民くらいだが。

くだんの令嬢は学究の徒にはちょっと見えなかったし、〝裕福な〟平民というには、ドレスが簡素だった。あまり裕福ではない平民が冒険心を起こして……ということも考えられるが、それにしても自然体だ。

むしろ図書館を使うのに慣れているあまり裕福でない貴族、というところが妥当だろう。

社交の場で知り合う機会もあるかもしれないな。

俺は自分の出した結論に満足すると、そろそろ退館時間が迫っている図書館で調べ物を全うすべく手元の書物に集中した。

あの時点で好感は持っていた、と言うべきだろう。

図書館を訪れるたびに、あの令嬢はいないかな、と意識の隅で思っていたことは否定しない。

だが、積極的に彼女を捜したりはしなかったし、図書館でちらりと見かけたときも、偶然、近くに座るのでなければ、わざわざ近寄ったりはしなかった。

俺が本格的に彼女のことを考えるようになったのは、別件でヘリング子爵と会ってからだ。

彼は鷹揚(おうよう)な人物で、エネルギッシュに出世や利益を求めることがないゆえに、あまり裕福でもなく、権力からも遠いところにいたが、落ち着いていて周囲に目配りの利く人物で、言葉は少ないが重みがあった。

知識も深く、社交の場で彼と話すのは楽しかったし、何より痩せた土地で働く農民が少しでも楽になるようにという研究に熱心で、品種改良について詳しく、そっちに興味を持っていた俺は、自然と彼と親しくなった。

さらに意外なことに子爵は俺の父ともそれなりに交流があり、俺の出自のことも知っているらしかった。

俺のことは王室のかなり重要な機密であり、宮中の中枢にいるようなごく少数の人物しか知らないはずなので驚いた。帰宅して父に問いただせば、子爵は俺が生まれた当時、宮中の中枢の出世頭であり、俺と母を庇って、左遷のようなことになった一人だと言う。

俺の母……近隣国ノーラグランドの王女で、罪を得て、存在を抹消されたこの国の元王妃だ。

俺はその王妃と国王の子供なので、王子、ということになるだろう。

今の王太子、レオンハルトより二歳上になるので、母のことがなければ、王位継承権第一位になるはずだ。

それを義父より知らされたのは十歳の頃だったが、なんとなく周囲の雰囲気で察せられるところはあったので俺はあまり驚かなかった。

母……というか母は、母国ノーラグランドと通じて、我が国に不利益をもたらしたという話だが、義父は、真実はよくわからないと言っていた。

現在の王太子レオンハルトの生家、アッヘンバッハの陰謀に乗せられた可能性もあるという。

俺は将来、力を付けてそれについて調べて真実を明らかにしたい気持ちもあったが、今すぐどうこうという気にはならなかった。

王位などというものに興味はなかったし、顔も知らない実母も、遠くからしか見たことのない実父——国王にもあまり興味がわかなかったので。

それだけ義父母や義兄がよい人達で、恵まれて育ったということだろう。

俺は自分が容姿や家柄、魔力も含めた全般に秀でていることを自覚していたし、それをさらに伸ばす手助けをしてくれる家族や友人にも不自由しなかった。

むしろ王位だの王子だのという立場に縛られず、家督を継ぐ責任もなく、ほどほどの立場で己の手腕でのし上がれるのは面白い。

そんな感じで聞きようによっては悲惨かもしれない過去を冷静に受け止めた俺だが、庇ってくれる者がいなければ殺されていたかもしれないと聞かされ、既に知り合っていたローラントや、今知ったヘリング子爵には将来、報いなければと考えた。

そんなときだ。世間話の一環で結婚の話題になったのは。

結婚するなら、貴族でさえあればよく、あまり有力な後ろ盾は要らない。むしろ邪魔だ。

容姿も能力も特にこだわりはないので、のんびりした安らげるような女性がいいという言葉は嘘ではなかったが、それほど真剣に考えたわけではなかった。

ただこの頃、持ち込まれる、いろいろな邪念に満ちた、〝力になってやろう〟的な縁談にうんざりして、理想に合う相手がいれば婚約しても良いなと思ったのは事実だ。

ちょっと本気が交じったのは、野心の欠片もなさそうな子爵が俺の理想を語ったとき「それならうちにも一人いるがなあ」と、小さく呟いたことだった。

そのまま「さすがに君には釣り合わんか」と納得するようにうなずいて、次の話題に移ろうとした彼を俺は引き止めた。

「子爵のうちにいらっしゃるということは……ご令嬢ですか？」

子爵は俺が食いついてくるとは思ってもみなかったようで、目を白黒させながら、一人娘だが特別なにかに秀でたこともなく、ただただのんびりした子で、余裕のある平民に嫁いだ方が幸せになるかと思って、本人にもそう言っているとかしどろもどろに説明した。

俺は俄然、乗り気になった。

子爵の人柄は知っていて安心できる。この口ぶりだと娘の性格は似ても似つかない、ということともなさそうだ。

うるさくない親族で本人もうるさくない。のんびりした気質の一応、貴族の令嬢。

理想通りである。

おまけに妻にかこつけてヘリング子爵家の援助もできて、昔の恩も返せる。

一石二鳥じゃないか。

俺は恋愛に憧れはなかったし、自分がするとも思っていなかった。ただ社会で一人前だと認められるのに家庭を持つものだという漠然とした考えはあったし、家庭を作るためには、家政をしっかり采配してくれて、かつ傍において不快にならない伴侶は必要だと思っていた。

今にして思うと、子供じみた傲慢な考えである。

だが経緯はともかく、あのときヘリング子爵に娘を紹介してもらおうと決めたのは、当たりだった。

俺は半信半疑らしい子爵から、令嬢のポートレートや簡単な人となりを教えてもらい、それが図書館で見かけたあの娘だと知った。

これこそ縁、というものだろう。

いや、運命と言うべきだろうか。

ともかく俺はこの婚約に満足しているし、伴侶はマリア以外にいないと思っている。

だから……もっと俺を信じて、頼ってくれないものだろうか。

「クラウディア、いつのまに、王太子殿下と創立祭のパートナーになる約束とかしたの⁉」

ジークからドレスをプレゼントされた翌日、わたしは放課後、教室でクラウディアに詰め寄っていた。

放課後まで待ったのは、話題の相手が相手だから。誰が聞き耳立てているかわからない。

「え？　えーと、つい最近かな？　ちょうどいい相手がおまえくらいしかいないって、申し込まれたからOKしただけだけど、なんで知ってるの？」

きょとんとして言う。

今日も艶々としたストロベリーブロンドに水色の目が美しい。

ドレスアップしてレオンの横に立ったらとても映えるだろう。

けれど、最高権力者の跡取りで、見た目も麗しい殿下に相手がいないわけはないでしょうに。

それをそのまま信じちゃったのか。

そういえば、こういう子だった。

わたしは脱力しつつ、「ちょっと人に聞いて……」とごにょごにょと言った。

「あ、生徒会長だよね、あの人、何か、いろんなこと知ってるよねーそうそう」

クラウディアはぽんと手を叩いてから、いきなり伝令に使う妖精を出して呼びかけた。

「レオン、レオン、ちょっと来て!」

「いや、殿下を呼びつける必要は……ねえっ!」

「わかってるって。その件とは別に。マリアに聞いてほしいことがあるのー」

「そう言われても……」

わたしはとまどった。

クラウディアが手合わせしようと絡む関係で、わたしも王太子殿下……レオンに顔を覚えられているのは、本当だ。挨拶程度に言葉を交わしたこともある。

そしてクラウディアは最初こそ、わたしに習って殿下呼びしていたものの、殿下が普通にしろと言ったのをそのまま素直に受け取って、人が聞いてないところではレオン呼び。

殿下もそれを特に咎めない。

……おかしいな。ゲームではレオンハルトルートで、親しくなって呼び方を変えろって言われても、レオン様、だったような気がするけど。それも乙女ゲーム補正かしら?

わたしは最近、ゲームと現実との違いには達観気味になっている。

クラウディアは、対戦してからレオンに絡むことが多くなった。もちろん手合わせ目当てで色っぽい感じではないのだけれど、親密度が上がっている、というか距離が縮まっているのは確かだ。

クラウディアは、彼に対して、格好いいと思っている、程度であまり進展してないからうっかりしていたけど、レオンの方はもしかして、既に自覚があるのかも。

ドレスとかプレゼントしたりするのかしら……。

わたしは昨日、ジークからもらった、美しいドレスのことを思い返した。

家に帰って、ジェシカに手伝ってもらって着てみたけど、誂えたようにわたしにぴったりだった。

お父様も、使用人も口をそろえて褒めてくれて、わたしもいつものわたしよりは可愛いんじゃないかと思えるドレスだった。

ジークが本当にわたしのことを見て、考えてくれているのがよくわかる。

クラウディアもパートナーが決まっているし。創立祭は、彼の横にいてもいいいん…だよね？

わたしが思い悩んでいるうちに、足早に誰かが近付く音が聞こえた。

「入らせてもらうぞ」

ジークのとは違うけど、やっぱり張りのある、よく通る声。

王太子、レオンハルト殿下だ。

自分のクラスでもある教室なのに、わたしたちしか居ないと見るや一声かけてくるのが紳士らしい。

「どうぞー」

クラウディアは気楽な調子でひらひらと手を振った。

うーん、この二人、結局のところ、どうなんだろう。

レオンハルト殿下――レオン様は、わたしたちが座っているところに歩いてくると、じっとわたしのことを見つめた。

へ？　わたし？　クラウディアではなくて？

わたわたしていると、意を決したように口を開く。

「クラウディアから、あなたがジークハルト……生徒会長殿と付き合っていると聞いたのだが」

「へ？　は？」

わたしは意表を突かれたあまり、殿下相手に奇声を上げてしまった。

「ど、ど、ど、どういうこと。クラウディアっ」

思わず元凶であろう人物の方を見ると、クラウディアは悪びれずに軽い調子で手を合わせて見せる。

「ごめーん。ちょっと話の流れで」

クラウディアは学園で暇なときはわたしに引っ付いていることが多いし、ジークと仲良くなってほしいという気持ちがあるので、わたしもよく彼女を連れてジークのところに行っていた。

結局、ジークがわたしの方にべたべた……もとい、親密そうに振る舞うので、クラウディアはすっかり、バカップルを温かく見守る友達みたいになっている。

とはいえ、友達な距離感とはいえ、クラウディア自身もジークと親しくなっているのは事実だ。

クラウディアさえジークと関わっていてくれたら、彼は魔障（ましょう）に冒されることはない？

それともそれは自分に都合のいい楽観的な考え？

思い悩むところは多いのだけど、ここに予想外のレオンハルト様だ。……長いからレオン様にするね。やっぱり既にゲームキャラではないので、脳内とはいえ呼び捨てにするのは抵抗がある。

「すまない。俺が知りたいので、ムリヤリ聞き出した。クラウディアを責めないでやってくれ」

「と、と、とんでもないです！　謝らないでください」

王族に頭を下げられそうになって、わたしは慌てて押し留めた。

そもそもレオン様がクラウディアにムリヤリ聞き出したとか、彼女の態度を見る限り、そんなこともないと思う。

「あの、一応、親同士と言いますか、家同士の都合で婚約しているのですが、どう事情が変わるかわからないし、学校に居る間は他の人には内緒にしていただけると……」

「無論だ。そういうことなら絶対に他言はしないと誓おう」

レオンは生真面目に言った。

「ただ、その、クラウディアの話では、名目上の婚約ではなく、非常に親密にされているというのだが……相違ないだろうか」

「えっ、ええっ？　そ、そうですね……親密、というのがどういうのを指すかによりますが、婚約してからよく家を訪ねてくれますし、それなりには親しくさせてもらっているかと……」

「そうか……。羨ましい」

レオン様は小さく言った。凛々しく引き締まった、けれど麗しいお顔が、ちょっと頼りなげで、幼い子供のよう。

わたしはピンときた。

「生徒会長のことをお訊きになりたいのですか？」

レオンはぴくりと震えた。わたしみたいにあからさまに動転することはないけれど、図星みたい。

そのうえ、わたしにはずるではあるが、ゲームの知識がある。

レオンハルトは、ジークハルトが自分の母親違いの兄であることを知っているのだ。

名乗り合うことはできないが、できれば仲良くなりたいと思っている。

「そうだ……俺は生徒会長のことをすごく尊敬している。学業も魔法も共に優秀で、リーダーシップもあり、なおかつ人に対するときは穏やかで礼儀正しい、一つ年上、ということもあるが、まるで、そう、あ、兄のようであると、このような人が兄だったらと常々思って居る」

おっと、ギリギリな発言が来た。

わたしは、失礼を承知でレオン様を見つめた。

彼は真剣な面持ちで、わたしの反応を待っている。

わたしは、初めてこの人も、同い年の一人の人間で、普通の人と同じように喜びも悲しみも味わうのだなあ、と実感した。

ゲームをやっていた頃、ジークが死んでしまったショックで、あまりこの人のことは注意を払わず、この世界で同じ人と知って同じクラスに入学しても、立場的に遠いこともあって、どこかゲームのキャラクターみたいに思っていた。

でも、そうだね……王太子、なんて貴くて遠い存在でも、同い年の男子で、ジークの異母弟なんだ。

弟さん……。

あ、なんか、きゅんと来てしまった。

生まれたときから離ればなれで育って、ジークからしたら仇みたいな立場だけど、兄弟なんだ。

レオン様からみたら、憧れのお兄さん、なんだね。

わたしは、落ち着いて微笑んだ。

「まずは座っていただけますか。そういうことなら、わたしの知っていることでよければ、ゆっくりお話しいたしましょう」


創立祭当日。

午前中は普通に授業で、お昼に一旦、皆、家に帰って用意をしてからが式典になる。

ジークが馬車で迎えにきてくれて、わたしは家の人達、みんなに見送られる形で外に出た。

「うう、大袈裟で恥ずかしい……」

「君の家は、執事なんかも、娘の晴れ姿を見ているようなつもりなんじゃないか？　さすが俺の見立てだ。よく似合っている」

正面に座っている、ジークがにっこり笑って言った。

わたしは赤くなる。

当然ながらジークも正装。白を基調にした長上衣が格好いい。

ドレスアップしたわたしを見つめる顔は晴れやかで楽しそうだった。

うん、大丈夫だよね。

クラウディアはちょっとレオン様と？　みたいな感じにはなっている状況だけど、ジークの様子はおかしくない。

その他もいろいろゲームの展開とは違ってしまっている。

それにクラウディアのパートナーはレオン様だし、今更……か。

ちなみにクラウディアは、「パーティだけど、制服って正装だよね？」と言い放ち、呆れたレオン様に俺が手配するから、ともかく家でおとなしく待っていろと言われたそうだ。

制服が正装扱いなのは、前の世界で、高校生までだよね……。

この学院が高校なのか大学なのかは微妙なとこだけど、とりあえず、創立祭やるのに、みんな学校終わって一回、家に帰らされる意味を考えてほしかった。

もっとも欠席するつもりで、ドレス作ってなかったわたしもひとのこと言えないけど。

わたしが彼女のことを考えているのがわかったのか、ジークが先周りして言った。

「クラウディア嬢は王宮の侍女を派遣されて飾り立てられていると噂になっていたぞ」

「本当？　見てみたい」

「王太子のパートナーだから、会場についたら嫌でも騒ぎになるさ」

わたしはちょっとほっとして、このパーティを楽しむ気になった。

ジークに手を取られて講堂に入る。

生徒会長が新しいパートナーと、っていうので場はちょっとざわめいていた。

婚約……はともかく、普通の社交の場だと、だいたいわたしがジークのパートナーになってるんだけど、学校だとまた別なのね。

どちらかというと、わたしは身内の、ごく親しいあたりのパーティにしか出ないし、学院は王族とか高位貴族も多いから、つまり、上の方にはわたしは認識されていないってことか。

実際、どうなるかわからないから当然だけど。

ジークがわたしの手を取って、笑ってくれるから
会場は講堂だけどここぞとばかりに飾り付けがされて、ちょっとした舞踏会場みたいになっている。

天井や壁にも、闇色の綺麗な布が張られて、事務的な風貌は隠されていた
照明は魔法のランタンで、一見、天井に付いているように見えるけれど、実際は、少し離れたところでふわふわと宙に浮いてるの。

男子も女子も正装とドレス姿だから、いつになく華やかだ。

音楽は、国立の音楽団の生演奏を、空間を繋げて流していて耳に心地良い。

貴族の社交の場では、珍しくない光景だけど、普段、学園生活を送っているところでもこれは少し非日常感があるのか、みな、たのしそうだ。

かくいうわたしもそうだった。

だって無理じゃない？　正装したジークとジークが選んでくれたドレスを着て舞踏会で踊るとか。

お城じゃなくて講堂だとか、小さな問題だ。

ジークに手を取られたまま、向き合って、わたしは夢見心地だった。

しばらく踊っていなかったけど、それなりに練習を積んだ足は、ジークのなめらかなエスコートに導かれて勝手に動き出す。

「上手くなったな」

くすりと笑われて、嬉しくなってしまった。

「練習したもの」

「それでこそ俺のパートナーだ」

偉そうな物言いも気にならない。というかそういうところが好き。

踊り出すと、もうジーク以外が見えなくなってしまう。

どよ、と騒ぎが起こって、周囲の目が入口の方に向けられた。

「王太子が来たようだな」

ジークが呟いてそちらを見るので、仕方なくそちらをみる。

ちょっとだけ目が覚めるような気がした。

クラウディアが、昔の有名アニメ映画のシンデレラみたいな、大人っぽい青いドレスで、レオン様に手をとられている。

対するレオン様は、黒を基調に赤を差した、引き締まる感じの正装。

光り輝くようなカップルだ。

「王太子が連れているあの子は一体、誰……？」というような、クラウディアの素性を詮索する声も聞こえてくるけど、絵画のような美しい二人に圧倒されている人がほとんど。

「ふん、趣味は悪くないようだ」

ジークが、落ち着いた声で言った。

「王太子など不自由なだけだな。特別に貴族位を付与されているといっても平民出身女性をパートナーにしようとすると大変だぞ」

「！」

わたしは驚いた。

ジークの声には少し皮肉っぽい響きはあっても、特にレオン様に対する、嫌悪とか敵愾心はなかったので。

もしかしたら……。

わたしは、踊りながら、そっと聞いてみた。

「ジーク、王太子殿下のこと、嫌ってないの？」

ジークは目を見開いた。

「なんでそう思うんだ？」

「えっと……なんとなく？」

「参ったな……」

足は踏んでないのだけど、ジークはちょっと足を踏まれたような、微妙な顔をした。

「また予知能力か？　わりと痛いところを突いてくるな」

「そんなつもりは……」

ジークは気持ちを落ち着けるように、片手だけ放して、前髪を掻き上げた。

「彼に対して、複雑な気持ちがあったのは確かだ。理由はおいおい……いつか話すこともあると思う」

話してくれる気があるんだ……。

「複雑といっても、彼個人には何の咎もないことだしね。成長するにつれてだいぶ整理はできた。今はただ……良い王になってくれと願ってるよ」

「そうなの！」

わたしは嬉しくなった。

未来に希望が見えた気がして。

ジークハルトとレオンハルトが手を取り合うことができれば……きっと共闘できるはずだ。

彼らが戦うような未来にはならない。

「あのね、王太子殿下はジークに憧れているのですって」

「彼が？」

わたしは言葉を選んで言った。

「学業も魔法も共に優秀で、リーダーシップもあり、なおかつ人に対するときは穏やかで礼儀正しい、って。こんな人が兄に居れば、と思うって」

「……へえ」

ジークの目に、複雑な色が過ぎったけど、彼はなにも言わなかった。

わたしも他にはなにも言わない。

あせっちゃいけない。

ゲームの彼はともかく、今の彼がお母様のこととかどう思っているのかわからないけど、なにも感じていないわけではないと思う。

あせったら、きっと、ダメになる。

クラウディアがレオン様と付き合うなら、そのうち顔を合わせる機会もあると思うし。

わたしが考えていると、曲がワルツのものに変わった。

自然にジークに引き寄せられ、密着して踊る体勢になる。

彼の体温を感じて、自然に顔が上気してしまう。

ジークが、面白そうに顔を覗き込んできた。

「恥ずかしいのか？　今更？」

「一生、慣れる気がしません！」

いつも振り回されて、忘れそうになるけど、あと学院入学だの、クラウディアだのでバタバタして失念していたけど、彼は推しなのだ。

画面越しでも、なんて格好いいんだろうとうっとりして見ていた存在。

その彼と一緒に踊っているなんて。

夢のよう。

ジークが機嫌よさそうに笑った。

「やっぱり可愛いな。マリアは」

「ひっ……」

あ、ムリ……。

至近距離の微笑みに、思わず昇天しそうになって、うっかり足を滑らせてしまった。

「おっと……」

ジークハルトが危なげなく、腰を抱いて支えてくれる。

「ヒールがいつもより高いかな。気を付けて」

「は、はいぃぃ」

あなたのせいです！　とか言えるわけないし。

ジークは、当然のようにダンスのリードも巧みで、パートナーが綺麗に見えるように動いてくれるので、滑るように体が動く。

彼の選んでくれたドレスの力もあって、今日のわたしは、それなりにイケている気がする。

このまま、時が止まればいいのに……。

そんなことを思いながら、創立祭の夜は更けていった。

「聞いてくれるマリア！　レオンって酷いんだから」

　創立祭が終わって、翌日はお休み。

　一日空いて、すっかり元の日常に戻った通学路をいつものようにクラウディアと歩いていたら、彼女がそう切り出した。

「クラウディア、彼の話は少し、小さめにね……」

　こんなところで、レオン呼びされて詰られているのが王太子だなどとは、かえって気付かれないかもしれないけれど、心臓に悪い。

「あ、ごめん……」

　クラウディアはあまり勉強はできないが、そもそも中等教育をきちんと受けさせてもらってないせいで頭はいい。性格も素直なので、わたしが最低限の貴族の常識を注意すると素直に聞く。

　レオン様と親しくて、タメ口なのは……うん。

　なんかそういう仲になる確率が高いし、レオン様にもそういう相手は必要ってことで。

　わたしは、すごく真剣にジークのことを聞いてきた彼の顔を思い出した。

　ご実家のやらかしたことを思えば、ジークが距離をおくのもわかるし、そもそも真っ向から恨んでないというジークが寛大なんだけど、彼は知らないんだものね。

　知らなくて、ちょっと孤立しがちな環境なとこに、自分にお兄さんがいるって知ったら……それも、凄く優秀で性格もよさそう（…っていうのに異論はあるけど、猫かぶってるし！）な人で、学校内なら近付くこともできるって思ったら、憧れてしまうのもムリはない。

だけど焦るわけにもいかないから……クラウディアが慰めになってくれたらいい。

わたしとクラウディアが仲がよいことで、いつか、縁も繋がるかもしれないし。

「それで？　レオン様がどうしたの？」

わたしが小声で尋ねると、クラウディアもわたしに身体を寄せて小声で話し出した。

「わたし、貴族位をもらって、学校に入ることが決まるまでダンスってしたことなかったのよね、入学前にひととおり習ったけど、正直、あまり使うとは思ってなくて」

「ああ……」

「それに、習うときも普通の服だったし、あんなヒールで、いろいろ締め付けてて、ひらひらした服とかとてもムリ！」

「あはは……、でもそれは前もって、レオン様にも伝えていたんでしょ」

「もちろん！　下手でも大丈夫だ。俺がフォローするって言ってたのよ！　それなのに！　足を七、八回踏んだだけで音を上げちゃって！　次はもう少しだけ練習してくれたら助かるとか！」

「うん……それはレオン様が悪いけど、ヒールで踏まれると痛いからね……」

わたしはクラウディアを宥めながら、ひそかにレオン様に同情した。

何しろ王太子様だ。もしかしたら宮中にも「ダンスがとても苦手なのですけど」とかいう令嬢がいたのかもしれないが、そんなののせいぜい、「あまり上手ではない」程度だ。

足を踏まれた経験など、皆無に違いない。

ダンス初心者、という存在がどれだけ危険なのかとか、絶対わかってなかっただろうなあ……。

わたしがジークと婚約して、一緒に踊る機会があったとき、事前に少し練習には付き合ってもらったけれど、そのときは、踵のない、軽めの靴を履いていた。

まあその時点であっても、今のクラウディアよりはマシだった、気がする。

その上で、わたしの癖や失敗する箇所をジークがよく呑み込んでから本番に臨んだもんね……。

とはいえ、一、二度、足を踏んでしまったことはあるのだけど。

そのときは、ジークは涼しい顔で、堪えてくれました。

クラウディアは、それでもぶつぶつ言っていたが、だんだん気弱そうになって、わたしに尋ねた。

「貴族の人って、みんな、小さい頃からダンスとか練習していて、初心者ではないわよね……わたしみたいな超絶初心者を、一から教えてくれる人なんているかしら……」

わたしは、うーんと考えた。クラウディアは大事な友達なので、なんとか力になりたい。

「だったら、まずはわたしと練習する？」

「マリアと？　でもマリアは上手いじゃない。そういえば、創立記念祭の素敵だった！　生徒会長とお似合い！」

手を打って褒めそやしてくれるクラウディアは本当に可愛い。

「まあ、長くやってるし、ジークもリードは上手いから……でもね、わたし、男性パートは全くやったことがないの、それを一から覚えてやったら、クラウディアと同じレベルじゃないかしら」

「なるほど！　でもそれならわたしが男性役をやった方がよくない？　身長的に」

　わたしも普通くらいはあるけど、クラウディアの方が高い。

　けれどそれでは意味がないのだ。わたしは苦笑した。

「それも素敵だけど、クラウディアが女性パートを上手く踊れるようにって練習だから、それだと本末転倒になるわ」

「あ、そっか……」

　いい案だと思ったんだけどー、と口を尖らせたクラウディア。

　わたしは笑った。

　このままいくなら、クラウディアはレオン様の良いパートナーになるだろう。

　身分は問題になるけれど、光魔法の遣い手は貴重で、クラウディアは司祭にはなるのだろうから、その時点で、伯爵位が付与されるはずだ。

　王太子妃には少し足りないけれど、この先、彼女の魔力がどんどん伸びたらまた上がるのではないかしら。

　わたしは、そのときは、まだ少し呑気に考えていた。

第四章　流されて……しまいました

そんなある日の休日、ジークから約束していた遠乗りの日程を延期してほしいと連絡がきた。

「え、それはかまわないけど、なんで?」

わたしはなんとなく胸騒ぎを感じて、その知らせを持ってきた使いの人に訊いてしまった。

猫が顔を洗うときに耳の裏を掻くか掻かないかで明日の天気がわかるとかそんなレベルだけど、ジークにも予知能力があるとは認められたのだ。悪い予感は注意した方がいい。

ゲームとは違う展開でも、彼に危険が迫っているかもしれない
「それが……魔知らずの森に領民の子が迷い込んだらしく、行方がわからないので、捜しに行かれると……」

ジークの家の使用人らしい、若い男性が言いよどむ。

「魔知らずの森……危なくないの? ジーク一人で?」

「はい。あいにく今、屋敷の貴族の方が、ジーク様以外にはいらっしゃらなくて」

魔知らずの森、というのは、瘴気っぽい霧が立ちこめていて、魔法がうまく使えない森だ。

魔瘴(ましょう)とは違って、精神に左右してどうこうはないんだけど、木々が生い茂っていて、昼でも暗

く、迷ってしまう人が多くいる。

なんだか奥の方の池には、生き物を引きずり込む魔物もどきもいるって噂もあり、ちょっと不気味な場所だ。

そこでうまく動けるかどうかは、魔力の量に関係している。

クラウディアのような例外を除いて、貴族以外の平民は、足を踏み入れただけでも倦怠感に襲われ、何歩も行かないうちに座り込んでしまうのだとか。

攻撃や自衛を魔法にほぼ頼っているこの世界だと、なにかあったらとても危険なことになる。

確かゲームでも絶体絶命のピンチに追い詰められるようなイベントがあったはず。

あとで、ゆっくり思い出して書き出しておかないと。

でもともかく今だ。

なにもなければ、ただ魔法が使えないだけなんだけど、胸騒ぎが抑えられない。

「ジークハルト様は魔力が強いので、森でも多少は魔法が使えないこともないとおっしゃって」

「でも、一人だとなにかあっても対処できないでしょう。わたしも行ってみるわ」

「いけません！　お嬢様が行くのはかえって足手纏いになって危険です」

脇に控えていたジェシカがとんでもないと声を上げる。

「万全の用意をするから大丈夫よ。ちょっとだけ悪い予感がするの。わたしなら大丈夫だから！」

わたしに確実性はないけれど、それなりに当たる予知能力があることを知っている皆が黙る。

「あなたはジークの家に戻って知らせてきて。わたしは用意をするわ」

元々遠乗りに行く予定だったので、上着にズボンの乗馬服姿だ。

騒ぎを聞きつけて、お父様がやってくる。

お父様は数日前だか、階段で足をくじいてしまい、歩くのも杖がないと厳しい有様だ。

わたしの説明を聞いたお父様は難しい顔をした。

「普通なら、わたしが行くんだが……」

「大丈夫！　わたしさえ行けば全てうまくいくって、予知が働いているもの」

それほどはっきりわかるわけではないのだけど、わたしは、わざと明るく断言した。

「それに危険といっても漠然としたもので、ジークが転んで怪我をする程度かもしれないわ。念のためなの。ね、行かせて」

わたしの言葉を信じたのか、それともむしろ必死さを感じとったのか、お父様は黙って倉庫に入り、一丁のライフルを持ってきた。

「これは……？」

「魔力を溜めてあって、魔知らずの森でも一日二日なら使用できる。危ないから絶対にお前が使うんじゃないよ。ジークハルト君に渡すんだ」

「ありがとう！」

わたしは、受け取ったライフルを大事に鞍（くら）に付けて、馬に飛び乗った。ジークが乗馬が好きだからと、さんざん訓練させられて、上手くなってて良かった！

もうわたしの人生、前世も今もジークばかりだよ。

絶対に傷付けさせたりしないから。

森の手前までということで、御者のヨゼフが一緒に着いてきてくれた。

普段は馬車を動かす人だが、馬に乗るのももちろん、得意だ。

馬で十五分も駆けて、魔知らずの森に着く。

噂に聞いたとおり、鬱蒼として、どことなく薄暗い。

馬を入口の辺りに繋ぐと、わたしは、お父様に託されたライフルをしっかりと抱えてそこに足を踏み入れた。ヨゼフもこわごわと着いてくる。

「もうこのあたりで身体が重く感じるのですが、お嬢様は大丈夫なんですか？」

「そう？　わたしはまだなにも感じないけど……危ないから、ヨゼフはもう帰って」

「しかし、お嬢様も……」

「ジークをすぐ見つけるから大丈夫よ……と」

わたしは、少し入ったところの木の茂みの陰に、かさりと動く気配に気付いた。

まさか熊？　いいえ、まだこのへんなら、人が来るしそんなことはないはずよ。

「ヨゼフ、あそこに動くものが居るの。あのへんまでなら行ける？」

「は、はい。あのあたりなら……」

わたしは急いで、動くものがいるあたりに駆けつけた。

「ひっ……」

それはわたしたちが覗き込むとあからさまに怯えた声を上げた。

「まあ……」

わたしたちは驚いた。

木の陰にうずくまっていたのは、五歳くらいの男の子だったのだ。

「坊や、大丈夫? どこから来たの?」

男の子は、見つけたときから、すでにべそをかいていたが、わたし達の姿を認めると、うわーんと、盛大に、声を上げて泣き出した。

「暗いよー、疲れたよ、ママッ、パパッ、どこーママー」

わたしたちは、必死に男の子を宥めて、それが、ジークが捜していた子どもであることを確かめた。

木に引っかけたのか、あちこち服が裂け、擦り傷もできているので、魔法で治してあげる。

このくらいなら、手をかざして、念を込めるだけでできるもの。

痛いのが消えると、子どもはやっと落ち着いてきた。

「ありがとう……」

「どういたしまして」

わたしは、にっこり笑った。

「こんなところに来るなんて、この子は魔力が高いのかもしれないわね」

「確かに、普通ならなんとなくでも避けますからね」

ヨゼフはやはり、気分がよくないようで、落ち着きなく周囲を見回しながら何度もうなずく。

「あなたはこの子をエイゼン侯爵のところに連れていってくれる？　わたしはジークを捜してもう帰っていいと伝えるから」

「しかし……」

最初からそういう話だったのに、いざ、わたしを置いていくとなると、気が引けるのかヨゼフは躊躇（ためら）う。

わたしは、ことさら明るく言った。

「わたしの予知能力は知っているでしょう？　この子を見つけたのもそれが働いたのかもしれないわ。ジークだってすぐに見つけてみせる。そう勘が言ってるの。それよりこの子を早くここから連れ出して休ませなくては」

あるかないかの予知を、こんなに人に喧伝（けんでん）したの初めて。

自分が詐欺師になったような気がするけど、そこはそれ。

「それは……そうですが」

重ねていうと、やっとヨゼフもその気になったようだった。

「危ない目に遭いそうになったら、すぐに逃げてくださいよ」

何度もそう言って、子どもを連れていく。

わたしはほっとした。

ジークも子どもが無事なら、すぐに帰れるはずだ。

わたしは森に足を踏み入れた。

貧乏な下級貴族とはいえ、貴族には違いないので森に入るくらいは平気だ。少しだけ、空気が重いような気がするが、気のせいで片付けられる程度、だと思う。

ただ……確かに、魔法はうまく使えない。

薄暗いので、手元に灯りを付けようとしても、小さな火花程度の光が出て消えていくだけ。

伝令の妖精を複数飛ばしたらジークが見つかるのでは、という希望的観測は消えた。

わたしは、原始的に、声を出しながら、ジークを捜す。

「ジーク！　ジークハルト！　聞こえたら返事して！　子どもは見つかったわ！」

なるべく声を張り上げるも、その声が、森の木々に吸い取られていくような感じがする。

わたしは心細くなりながらも、なおも声を出しながら、奥に進んだ。

森は薄暗いだけでなく、鳥の声すらしなくて、ちょっと不気味だ。

わたしがジークを呼ぶ声と、足下の枝を、パキパキ折っていく音だけが、響いている。

「ジーク……どこ。返事をして」

少し泣きそうになりながら、前を見たとき、ちらりと銀色の髪が見えたような気がした。

わたしは、途端に勢いづいて、それに向かって走りだした。

すらりとした身体つきに、銀の髪の後ろ姿……間違いない。ジークだ。

近付いて初めてわかったが、森の奥に大きな池が広がっていた。

ジークはなにを思うのか、そこに佇（たたず）んでいるのだ。

「ジークっ！」

わたしが呼ぶと、彼は驚いたような顔で、振り返った。

「マリア⁉」

わたしはほっとするあまり、彼の胸の中に飛び込むようにして抱きついてしまった。

ジークはしっかりと受け止めてくれる。

「どうしてここに？」

「嫌な予感がしたから。でも、大丈夫。子供も見つかったわ。うちの御者がジークの屋敷に連れていってくれてる」

「本当か？　それはよかった」

ジークはほっとした顔になった、そのままわたしを強く抱きしめて、耳元にささやく。

「マリア、声を出さないで、俺のいうことを聞くんだ」

え？

わたしは驚いて息を呑んだが、彼の言うとおり、声は出さなかった。

ジークは抑えた声で落ち着いて言う。

「池の奥に、なにやら、害意のある魔物がいる。俺たちに隙があれば襲うつもりだ」

「そんな……」

わたしは身を硬くした。それだからジークは恐い顔をして、池を見つめていたのだ。

どうしよう。わたしがここに来たことで、ジークを危ない目に遭わせたら。

わたしがジークを傷付けたりしたら。

こちらの怯えを感じとったのか、ジークは落ち着かせるように低い声でゆっくりと語った。

「大丈夫だ。俺を誰だと思ってる？　絶対に守ってやる。絶対にだ」

背中をゆっくりあやすように、ぽんぽんと叩かれる。

ジークの声を聞き、体温を感じると落ち着いてくるのがわかった。

わたしは言った。

「ジークも……無事でなければいやよ」

「ああ、もちろん」

くすり、と笑って、彼はそのまま甘い声で言う。

「俺が、行け、と言ったら、後ろを見ずにまっすぐに走れ。一発で仕留めてやる」

「うん。あのね。お父様がこれを……」

わたしは、身体をずらして抱え込んでいたものを渡した。ジークがちょっと目を見張る。

「なにを持っているのかと思ったら……」

「使い方わかる？」

「大丈夫だ。ありがとう……行けっ！」

ジークが叫びと共に、わたしを突き放すような動きをした。わたしは無我夢中で走った。ジークの言うとおりにしたら間違いないと思ったから。

ジークの足かせになっちゃいけない。

ジーク！　無事でっ！

祈りながら、走って走って、わたしは木の根に躓いて転んだ。

「っつ!」

痛みを覚えながらも、慌てて立ち上がったときに後方から轟音が聞こえた。

ライフルの音だ。

思わず振り返ると、まばゆい青い光が、森の奥を照らし出すのが見えた。

ああ……綺麗……。

わたしは、地べたに座り込んだまま、青い光があたりを包み込んで真っ青に染めて、またゆっくりと消えていくのを見ていた。

「マリア? 無事か」

池の水を浴びたのか、ぐっしょりと濡れたジークがこちらに向かって走ってくる。わたしも立ちあがって、彼に向かって駆けだした。

「ジーク! 怪我はない?」

「大丈夫だ! 君は?」

「全然、平気!」

わたしは、ジークにまた抱きついた。

「こら、濡れるぞ?」

「平気……」

気を遣って離れようとするジークにしがみつくようにして、わたしは泣き出した。

「ジーク、ジークっ……」

「大丈夫だ。恐かったのか?」

「こ、恐かったけど、それより、ジークになにかあったらどうしようって、わたしのせいで……」

「驚いたけどな。助かったよ」

ジークは手に持ったライフルを見せて言った。

「自分の魔法でなんとかしようとしていたが、ちょっときつかった。こいつのおかげで怪我もせず、一発でしとめられたよ」

「本当?」

よかった……。わたしはほっとした。

ほっとしたら、また涙が出てきて、わたしはジークの胸の中で、またひとしきり泣いてしまった。


落ち着いた後、池のほとりにいくと、そこには水の中から身体を出している巨大な……へビみたいな、ナマズみたいなずんぐりした真っ黒い生き物が死んでいた。

「これ……魔物なの?」

この国で魔物とは、魔瘴に冒されて変化してしまった生物のことだ。

「ああ、そのようだ」

ジークは、しゃがみこんで、その生き物を転がして、検分しながら言う。

うっ、よくさわれるわね。わたしは絶対嫌。

「このところ、国内で魔瘴によるトラブルが多く報告されていて、〝特別な悪意〟が目覚めたのではないかと言われているよ」

「〝特別な悪意〟……」

「まあ、後で、こいつを運び出して調べてもらおう。今は、少し身体を乾かさなくちゃな」

ジークが言った。

「帰らないの？」

ジークが首を振る。

「この格好で、森の外まで歩いて帰ったら風邪を引きかねないし、義姉が卒倒する。たぶん君の父上と、使用人もね」

わたしは、自分の格好を見下ろした。確かに着てきた乗馬服がぐちゃぐちゃに濡れていて、なにやら寒い気がする。

そういえば、もう十月も終わりの頃だ。

小さく、くしゃみが出た。ジークは眉をひそめる。

「言わんこっちゃない。この近くに、休憩用のコテージがあるからあそこに行こう」

ジークに言われて、わたしは一も二もなく、こくこくとうなずいた。

ジークに手を引かれて歩いていくと、確かに森の奥に小屋があった。

小さな木造の小屋は、シンプルな作りではあるが、綺麗に掃除されていて居心地は悪くなさそうだ。

部屋の中央には木のテーブルにイスが四脚。部屋の奥に暖炉があり、毛皮の絨毯（じゅうたん）が敷かれている。

「こんなとこ、あったんだ……」

「貴族しか立ち入らないような場所だが、物好きはいるからね。まあ本来なら、魔法が使えないだけでそこまで危険な場所ではないんだが」

暖炉の傍には、毛布が何枚か畳まれておいてあった。

「これで体を隠して、濡れた服は脱ぐといい」

「う、うん」

大判の毛布を渡されたので、それで体を覆って、もぞもぞと服を脱いだ。

その間、ジークは慣れた手つきで、積んである薪（まき）を暖炉に並べると、そのうちの一本に魔法で火を灯して中に投げ込んだ。

小さく呪文を唱えるとあっという間に、大きく燃え上がる。

暖かい空気が、みるみる部屋全体に広がっていく。

「凄い……」

服は全部脱いで、椅子に掛け、下着だけ（これも濡れて気持ち悪いがさすがに躊躇（ため）われた。）着けた状態で、毛布にくるまったわたしは目を丸くした。

「水得意なのに、器用なのね……」

「別に……こんなのは、初歩の初歩だろう？　得意属性とか関係ない」

言いかけたジークハルトは、感心しているわたしを見て、納得した顔をした。

「なるほど、君はできないんだな」

「土得意ですから！」

きっぱり言って胸を張る。

そういえばレオンも火なのに風魔法使ってたな、とか、それに文句を言ってたクラウディアをたしなめたな、とか思い返すけど些細なことである。

やっぱり、得意な属性以外の魔法って難しいのよ。

しかもここは、魔知らずの森、魔法を使うのは困難なはずなのに。

ジークはやっぱりすごい……レオンも凄いけど。

ジークはそのまま、伝令妖精を出して、ジークもわたしも無事であること。濡れてしまったので、服を乾かして休んで帰ることを、自分の家とわたしの家に伝えた。

そのまま、大きく息をついて、椅子に座る。

やっぱりちょっと疲れているようだ。

わたしは遠慮がちに彼のシャツを引っ張った。

上着とベストこそ脱いだものの、彼はまだ濡れたシャツとトラウザーズを纏ったままだ。

「ジークも脱いで、乾かさないと……」

「いや、俺は……」

「服、着たままだと風邪引いちゃう……」

わたしが、毛布にくるまったまま言うと、ジークはちらりとわたしの顔を見た。

そのまま、ふいっと顔を背ける。

え、なに……。

なんでそんなに嫌な顔するの……。

「もしかして、怒ってるの？　わたしが勝手なことして危険な目に遭ったから……」

「違う！　それとは関係ない」

ジークは怒ったように言ったあと、うんざりしたように、額に手を当てる。

「君には危機意識と言うものがないのか……」

「え……風邪引いて、熱が出たら大変だって心配してるんだけど。肺炎になるかもしれないし」

「それとは別に！　貞操の危機というヤツだ」

一瞬、なにを言われたのかわからなかった。

えーと、テイソウ？　テイソウってなんだっけ。低層？　あ、違う貞操だ。ええ!?

怒っているのか、照れているのか、耳元が少し赤いジーク。

彼のこんな顔は前世も今世も初めてだ。

ええええ、嘘、でしょ？

わたしだって、前世は経験こそないものの成人女性だったし、今も多少は教育を受けている。

この年頃の男女が、一方は下着姿で二人きりで、もう一方に服を脱げと迫るという意味くらいわからなくはない。

でも、ジークだし。ジークが私にそんな気を起こすとか……。

前世での、画面の向こうの彼にひたすら憧れていた記憶が危機感を削いでしまっている。

いや、でもでも。そこは振り切って考えてないと。

今ひとつ、実感がわかないけれども、若い男女だし、婚約者だし、この状況である。

服を脱いで、間近にいたら、そういうことも……あるのかもしれない。

本当に彼がそんな気になったとして。わたしはどうなんだろう。

嫌、かと言われたら全然、嫌じゃない。

この先もなにがあるかわからない。

魔瘴の問題があっても、結婚は難しいんじゃないかと思う。

だけど。彼のことが好きなのだ。

好きだからこそ、彼を救ってくれる乙女と幸せになってほしいと願った。

でも、残念ながらその乙女、クラウディアは彼とは恋に落ちないみたいだ。

それなら……これは、千載一遇のチャンス、なのかもしれない。

貴族の女子が貞操を失うのが結婚に不利なのはわかっている。けれど。

ジークと結婚できないなら、誰とも結婚しなくていい。

ともかく、服を脱いで暖まってくれないと、ジークが病気になっちゃう。

だから。

「別に……婚約者、ですし……」

真っ赤になりつつ、実際に口にできたのは、そんな言葉だけだった。

けれど、聡い彼にはそれだけで通じたらしい。

「そう……か」

小さく呟いた彼は、思案するように、少し目を伏せた。

……確かにそれも一理ある。どのみち、俺のものだし。逃がさないし、逃げにくくなるし
……。

なにかぶつぶつ言ってるのが聞こえるけど！　もう！　恥ずかしい。

再び目を開いたときには、彼はもうはっきりと心を決めていた。そういう目だ。

「それもそうだな、うん、それがいい」


「あ、あの……」

「なんだい？」

「本当に、するの⁉」

決心したジークの行動は素早かった。するりと服を脱いだかと思うと、毛布をひっぺがす勢い

で、わたしを暖炉の前に押し倒す。

あまりの早業で、ジークの身体をじっくり見られなかった！　じゃなくて！

素肌が触れ合う感覚とか、温かさとか生々しくてですね！

気持ち手で彼の胸を突き放すように逃げようとしているのは、思わずの条件反射だ。

勘弁してほしい。

今も、わたしにのし掛かって、こころなしか嬉しそうに見下ろしてくるジークが、眩しすぎて、見られないんですけど！

ひっ、指、指、舐められたぁ……！

ジークハルトは、彼の胸を突っぱねている、わたしの腕を掴んで離させながら、指先を口に含む。

ぴちゃ、と音がした。

ひとしきり、指を堪能したあと、腕を自分の背中に回させて囁いてくる。

「今更、何を言っているんだい？　誘ったのは君だろう」

「さ、さそっ……あれは別に！　万一、間違いが起こってもいいというつもりで……」

ジークにとにかく暖まってほしくて……。

ジークが心外だと言うように、片眉を上げた。

「間違い？　この俺が間違いなど起こすわけがないだろう？」

「え、でも、その……」

「予定外であったことは確かだが、柔軟な路線変更は規程の範囲内だ」

「え、えっと……もう少しわかりやすく言ってもらえれば」

「状況に流されて、欲望に駆られているわけじゃない。今、こうしているのは俺の意志だ」

――俺が君を、今、ここで抱くと決めたんだ。

耳元に落とし込むようにささやかれる。え、エロいんですけど！

「えええええええっ」

「もう黙って」

ジークが、覆い被さるようにして、口づけてきた。

「ん……」

キスは初めてじゃないけど、こんなに深くて長いのは初めてだ。

息が苦しくなって、唇が離れた隙間に、口を開けると、狙いすましたように舌が入り込んできた。

「ん、んんっ……」

なに、これ……気持ちがいい。

ジークの舌に口の中を掻き回されて、唾液を啜られると、おかしいくらいに頭の中がぼんやりしてくる。気持ちいいの。

大きな手が、胸の膨らみにおかれた。

痛まないようにそうっと、しかし明らかに意味ありげな手つきで、揉んでくる。

「柔らかいな、それに温かい」

「やっ、それ……ああんっ……」

ジークが胸を揉みながら、悪戯をしかけてくる。

ふわりと揉まれているときも、むずむずする感覚があったけど、先端の蕾(つぼみ)をつままれると、はっきりと鋭い快感が走った。

「固くなって、尖ってきたな。感じている？」

「や、言わないで……」

「言わないとよくわからないだろう。君も俺も初めてだ」

え……？

わたしは、思わず閉じてしまった目を開けてジークを見た。

「ジークも、初めて、なの？」

「当たり前だろう。人をなんだと思ってるんだ」

ジークが怒ったように言った。

「君という、自分の意志で選んだ婚約者がいるのに、他の女などさわるものか」

「あ……」

わたしは感動して言葉を失った。

初めて。わたしがジークの初めてなの？

たとえ、この先になにがあっても、ジークが他の誰かを選ぶ日が来たとしても。

わたしが初めてなのは、変わらないってこと？

どうしよう。

嬉しい。

「やっ、ああんっ……」

感慨に浸るわたしをどう思ったのか、ジークが余計に激しく責め立ててきた。

こりこりと、指でこね回していた乳首に顔を寄せて、ちゅうと吸う。

身体が撥ねて、弓なりになる。気持ちいい。

身体の奥がじゅん、と滲(にじ)むのがわかった。

やだ、わたし、濡れてる。

これが濡れるってことなんだ……。

「感じてるな。胸を吸われるのが好きか」

ジークもそれを誘ったのか、嬉しそうに笑った。

手を伸ばして、わたしの脚の間の叢(くさむら)を探ってくる。

「やっ……そんなとこっ」

「そんなとこを触らないと、できないんだよ」

ジークの指が叢を掻(か)き分(わ)け、秘裂の中に入り込んだ。そのまま、入口を探る。

「よく濡れてる」

「言わないでって、言ってるのにぃ……あっ」

指が慎重に花びらの奥を探っていく。一点を掠(かす)めたとき、電流が走ったような気がした。

「ああ、ここか」

ジークが心得たようにそこに指を当てる。

「やっ……やだやだ、なんか変、やっ……やぁぁああ」

転がすようにして、そこをいじられると、信じられないくらいの快感が走った。

とろり、また蜜が流れ出す。

それ、そういうこと？　クリ……なんとか。前世の記憶でそういう箇所があるのは知っていたけど、知るとされるのでは大違いだ。

「やっ、それ、ジーク、おかしい、おかしくなっちゃう」

「なればいい」

ジークが、熱を孕んだような声で言った。

「二度と離れようなんて考えないように、俺の手でおかしくなってしまえ」

ささやかれて気が遠くなりそう。

つぷ、っと指がさらに奥を探るのがわかった。ちょっとだけ違和感が走る。

けれどもその横の小さな芽を弄られると、そんなこともどうでもよくなってしまう。

「あっ、あん、あ……」

「可愛い」

「可愛くなんか、やっ、ああ、耳、食べないで……」

秘密の場所を探りながら、ジークがわたしの顔中にキスを降らした。

ちょっと違う。口づけたり、舐めたり、甘噛みしたりで、好き放題だ。

特に耳が好きみたいで、耳たぶを咥えてひっぱったり、舌でなめ回したりする。

耳をそうされると、他のところとは違うところがぞくぞくして、もう全身気持ちがよすぎて、蕩けてしまいそうだ。

蕩けて、全部、ジークに食べられてしまう。

ううん、食べられたい。

身体の中心の穴は、ひくひくしてジークの指を、数本、呑み込んで熱を孕んでいる。

中で指を動かされて、ぐちゅぐちゅ言って、また新たな蜜を吐き出す。

指を中で動かされながら、芽を弄られると、悦くて悦くて、もうわけがわからなくなった。

「あ、ああ、ジーク、ジークぅ……」

「ああ、いいなもっと呼べ、マリア」

愉悦を含んだ声音でささやきながら、ジークの指が、さらに奥を抉った。

「あっ、あああああっ……」

とたんにふわりと、身体が浮くような気がして、一瞬、意識が遠くなる。

「な、に……」

すぐに意識は戻ってきたけれど、身体がもうわたしのものじゃないみたい。

飛んでしまいそうで、恐くて、さらにジークにしがみつく。

「なに、今の」

「達したみたいだな?」

「達する？」

知識はあったのに、すぐに頭がついてこなかった。

「性的接触で、気持ちよさが、極まるとそうなるという。男なら射精するが、女性は……どういうんだろうな」

達するってあれね！　達くってこと。絶頂？　エクスタシー？

遠い昔の雑誌で見た知識を思い出して、わたしは赤くなる。

「よくわからないけど、空に浮いたみたいな気がした」

「そうか。気持ちいいならよかった。では、続きをしても？」

「訊かないで……」

そうしてさらに身体のあちこちをひとしきり愛撫され、何度も達かされて、わたしはもう息も絶え絶えになっていた。

「そろそろいいかな？」

呟くジークに、ぐんにゃりとなった脚を折り曲げて抱え上げられる。

濡れそぼった孔に、熱源をひたりと宛がわれた。

「挿入れるよ」

心持ち、ジークも息を弾ませて、わたしの目を覗き込んでくる。わたしは目を瞑って、必死に首を縦に振った。

「ふっ、色気のない……」

かすかに彼が笑った気がした。

ぬぷりと、まるい先端が、花びらを掻き分けて入ってくる。

「あ……」

それは固くて、温かくて、何か違う生き物のようだった。

ぬるぬると濡れた襞は喜々としてそれを中へと、呑み込む。

初めては、すごく痛いって聞いたけど……ちょっと、気持ち、いいような……。

唇が自然と開いて、息を吐く。

陶然とそう思えたのは、そこまでだった。

途中、行き止まりのようなところがあって、もう終わりだと思ったのに、それはぐいぐいと奥を押して、こじ開けようとしてくる。

「いっ……痛っ……」

思わず苦痛の声を上げると、はっ、……と、ジークハルトが辛そうに息をついた。

「すまない。だが、堪えてくれ。もう戻れない」

「んっ、でも……」

痛みは堪えるしかないけど、物理的に入らない気がする。

なんというかいっぱいいっぱいだ。

ぎゅううっ、目をつぶって息を止めているわたしの前髪を、ジークハルトはゆっくりと梳いた。

露わになった額に唇をあてる。

「俺の背に爪を立てていいから。あと、ゆっくり息をして。吸って吐く、だ」
「はいっ……」
わたしはジークの背に回した手に力を込めた。
はふっと息をはくと、少しだけ緊張が緩んだ。
ゆっくりと彼がさらに押し入ってくる。
痛いぃぃぃっ……でも……。
彼の息遣いが聞こえる。
自分の体で、彼が興奮しているなんて奇跡みたいだ。
抱きしめられて、体の外も内も温かい。
ジークに抱かれている。繋がっている。ひとつになってる。
彼とセックス、してるんだ……。
そう思うと、身の内を引き裂かれるような痛みさえ、愛しく思える。
自然に涙がぽろりと零(こぼ)れた。
死んでも、いい……。
それくらい、感動して幸せだ。
そのまま無言で、力を入れ、ぐぐっと、奥までジークはわたしを貫いた。
「あ……」
身体の深いところに、彼の分身が入ってくるのを感じる。

ジークが、ふうっと息を吐いて、ふっと笑った。

「これから、ってところなのに、死なれては困るな」

やっ、き、聞こえてっ⁉

痛みをこらえて、そうっと薄目を開くと、見たこともないほど綺麗な顔で、笑っている彼がいた。

そのままジークハルトは、キスでわたしの涙をぬぐい取る。

「君の中は温かくて、気持ちがいい」

「あっ……」

感嘆するように呟くと、彼はわたしの顔を見ながら、小さく身を動かした。

擦られると、痛みはあるが、入ってきたときほどではない。

「痛い？」

「少しは……でも、そんなには……」

「そうか……俺は、癖になりそうだ」

「そんなに気持ちいい？」

期待を込めて訊くと、彼は優しく笑った。

「ああ……とても」

そう言いながら、ジークは、わたしの様子を窺いながら、慎重に動きを大きくしていく。

「あっ……あんっ……んっ……」

「マリア……っ」

体の奥を突かれると、意識もしないのに、声が出た。

ゆさゆさと体が揺すぶられ、体が熱くなっていく。気持ちいいかどうかはよくわからない。でも興奮する。

彼に抱かれて、おかしいくらいに興奮している。

ずちゅっ、ぬちゅっ、と、ジークがわたしの中を力強く出入りする。

彼を受け止めるたび、わたしの中がきゅうっと収縮して、彼を締め付けるのがわかった。

それに逆らうようにして、出たり、また入ったり。

力強く、媚襞を、擦って、突き上げていく。

「あっ……あっ…あっ……あああっ」

擦られるたびに、蜜が溢れ、身体中が悦んでいるのがわかった。

唇が開きっぱなしになり、唾液がこぼれているのがわかる。

ひどく淫らで、みっともない顔をしていると思うのに、ジークはその顔を覗き込むようにして、唇を重ねる。

「綺麗だ……」

うそ。そんなはずない。

身体が熱くなって、明々と灯る暖炉の熱を意識した。

ジークがわたしの脚を導いて、彼の腰に回させる。

余計、脚を大きく開くことになって、ひどい格好なのに、それも意識できないほど安心した。

ジークの身体に全身で絡みついているみたい。

「はぁっ……うっ……」

ぐちゅっん、と、力強く突き上げられて、声が上がった。

「悦(よ)くなってきたな」

よくわかんない。

でも、ずっとこうしていたい。

「ジーク、ジーク、好き……」

背に回した手に、力を込める。

「俺もだ」

掠れた声で、ジークが答えた。

なに……？　今、なんて言ったの、ジーク。

世界が遠くに思える。さらに突き上げが激しくなった。

「ああ……」

小さく呻(うめ)いて、ジークがわたしの中で、弾けた。

奥の秘壷の中が、彼の出したもので満たされていく。

射精されたんだ……。

これ以上なく、満ちたりた気分の中で、わたしの意識は遠くなった。

目が覚めたときには、ジークはちゃんと服を着ていて、わたしの服も乾かされていた。

ついでに身体も拭われたみたいに綺麗になっていて、わたしは赤くなる。

毛布で身体を隠しながら、起き上がって座り直すわたしに、ジークは、ものすごく機嫌よさそうに笑いながら、頬にキスをした。

「今、何時？　わたし、どれくらい寝てた？」

「寝てたというより、気絶していただけだな。ほんの三十分ほどだよ」

うう、子供みたいに頭を撫でないでほしい。照れる。

「このまま、朝まで過ごしたいところだが、変なふうに邪推されても困るし。もう少し落ち着いたら帰ろう」

邪推もなにも、まさにイケナイことをしてしまったわけですが。

窓に目をやると、薄暗くはあるけど、たしかに夜にはなってないみたい。

「赤ちゃん、できちゃったらどうしよう……」

わたしは、お腹(なか)を押さえて言った。

この世界にもなんというか、それを避ける方法、というか魔法があるけど、ジークはそれをしなかったはずだ。

責任取って、とかいう気はないのだけど……。

ジークは楽しそうに笑った。

「それはいいな。そうしたら、すぐに結婚しよう」

学院は休学して、子供が大きくなったら戻ればいい。

って、なんでそんな嬉しそうなの？　それで楽しそうなの？

「お父様が、卒倒しちゃう……」

「そうかな。予定が少し早まるだけだろう」

わたしは、改めてジークの顔を見た。

「ジークはそれで、いいの？」

ジークは、なにも言わず、わたしの唇を塞いだ。

もう一度、深く、口の中を蹂躙される。

「んっ……」

口が離れたときには、すっかり息が上がっていた。

「俺はなんども言ったろう？　マリアがいい。マリア以外は考えてない」

その覚悟もなくて抱くものか。

怒ったように言われる。

わたしは赤くなって、毛布で口元を隠した。

「うん……嬉しい」

ジークは得たりと笑った。

「やっと、素直になったな」

その後、ジークが呼んでくれた馬車で送ってもらった。馬もジークの家の人がうちまで届けてくれるそうだ。

「馬だと、腰が辛いだろう?」

耳元で言われる。もうっ、知らない。

確かに馬に跨(また)がって帰るのは、ちょっと遠慮したかったけど……。

家に帰ると、お父様も使用人も、みんな集まって無事を喜んでくれた。

お父様とジークは、その後、二人で話していたみたいだ。その後のお父様の態度は普通だったから、あのことではないと思う……。

なにかな……魔瘴のことかしら。

倒したあとのことで、いっぱいいっぱいになってたけど、池から出てきていた黒い魔物のことを思うと、少し身震いがした。

〝特別な悪意〟。

ジークは今のところ、大丈夫そうだけど、彼が大丈夫だとしても、それがある限り、誰かが魔王と化してこの世界に災いをもたらすのは間違いないんだ。

どうやったら、被害を少なくして、それを止められるのかしら。

疲れているだろうと、早めにベッドに追いやられたわたしは、ジークとの……と、魔障のことが、交互に頭をよぎって、照れくさいやら不安やらで情緒不安定だった。

ただ一つ、心にはっきりと思うこと。

わたし、ジークと……ううん、クラウディアやレオン様も一緒に、幸せになりたいんだ。

なにがあっても、最優先するのがジークなのは、変わらないけれど。

許されるなら、ずっと……ジークの傍にいたい。

第五章　体育祭やら、災厄の予兆やら

「あああっ、マリアと違う組になっちゃったー」
クラウディアが、先が白くなったクジを握りしめて、悲しそうに嘆いた。
わたしは先が赤いクジを持って笑うしかない。
この魔法学院は秋が深まると、何故か、体育祭がある。
いや学園物には定番といえば、定番だけど！
ここ魔法学院だよね、なんで？
ゲームのときにも、思わず突っ込んでしまったけど、なんでかなあ……。
競技によっては、魔法を使うものもあるんだけど、基本は体育祭。
リレーだの、障害物競走だの、玉入れだの……。
身体を使う競技が中心だ。
なんでも三代前くらいの学園長が、魔法にも長けてるけど、脳筋派の人で。
『健全な魔法力は健全な肉体に宿る！』
と主張して始まったのだとか、なんとか。

どこかで聞いたフレーズだよね……どこの世界も同じっていうか。

ともかく、ゲームにもあれば、ここ、現実にもある大会である。

クラスは多少、魔力の質とか量で分けているみたいだわたしは、ジークと一緒がいいなあ、と念を込めて引いた赤いクジを見つめた。

なんかいい感触だし、たぶん、当たったと思う！

何故かこの大会、クラス対抗でなく、クラス内で、くじ引きして赤と白に分かれるのだ。

一年生はランダムだけど、二年から魔力量とかで分けられるからそのへんを均等にする配慮なのかもしれない。……魔力よりは筋力だけど。

わたしは、やっぱり彼氏彼女と同じになったとか、違ったとかで一喜一憂しているクラスの様子を眺めた。

レオン様とクラウディアは同じ組。仲のいい友達、から進展しないけど、どうにかなるのかしらね。

ゲームだと、なんというか体育祭が分岐点というか、恋愛エンドにいく場合、誰が相手になるか決まるのだけど、そのへん、だいぶ、ずれているから見当がつかない。

問題はゲームの通りだと、その恋愛イベントの後に、魔瘴（ましょう）による騒ぎが起きること。

小規模なものなので、被害は特にないし、クラウディアが居ればなんなく収められる……はず。

イレギュラーにならないといいけど。

わたしは、頭の中を整理する。

森で魔瘴が強くなった影響の魔物にあたってから、わたしは、ジークのことは一旦、切り離して〝特別な悪意〟のことを考えるようになった。

〝特別な悪意〟と対峙(たいじ)して、それを滅ぼすならそれに関わっていたゲームのメンバー……つまり攻略対象とは協力する必要がある。

幸い、みんな同じクラスだし、なによりレオン様の取り巻きなので、多少は面識がある。

レオン様と親しいクラウディアの、さらに友人だから面識がある、って程度だけど、モブにしては上等だよね。

レオン様と肩を組む勢いではしゃいでいる黒髪の男子は、騎士団長の息子で本人も騎士のユーリ。やんちゃ系な水属性。

その横にいる茶色い髪の大人っぽいのが、ユーリの親友のミヒャエルね。彼も騎士で土属性。面倒みのいいお兄さんタイプだ。

少し距離をおいて立っている金髪さんが宰相の息子のギュンター。風属性の切れ者。

レオン様が火だから、四属性そろって、バランスが取れている。

ギュンターにはクラウディアのことで、いろいろと聞かれたりした。彼もレオン様のお相手ってことで意識しているみたい。

ギュンターが矢面に立っているだけで、ユーリもミヒャエルも注意を払っているのだと思う。

クラウディアはそういうの、ほんと気にしてなくて、レオン様の友達ってことで、三人とも仲良くしている感じ。

うーん、と唸っていたら、目の前をパタパタと紙でできた小さな鳥みたいなのが舞っていた。

なにこれ……。

わたしの机の周りをぐるぐる回っていて、他にいく様子がない。

周囲の人が見ている様子もないので、わたしあて……よね。

わたしはきょろきょろと確かめて、そっと鳥を捕まえた。

鳥はさっきまで飛んでいたのが嘘みたいに、普通の紙細工に戻る。

なにか、文字が書いてあるのが見えて、わたしはそっとそれを開いた。ジークの字だ。


——授業中に伝令妖精を飛ばすと魔法感知されて先生に怒られるのでこれにしたよ。微弱な魔力で飛ばせるからね。体育祭の組は決まったかい？　俺は赤組だが君はどうだろう。ちょっと用があるので、できれば放課後、クラウディア嬢と一緒に生徒会室に来てほしい。


やった。同じ組だ。わたしは嬉しくなって、紙細工を抱きしめた。

微量な魔力でできるなら、わたしにもできるかな？　学校で使うのはどうかと思うけど、可愛いから使いたいなこれ。

それはそうと……クラウディアを一緒に？

なにかしら。

放課後、言われたとおり、クラウディアを連れて生徒会室に言うと、ジークがちょっと難しい顔をして言った。

「ローラントから、全くありがたくはないが、たぶん当たるだろう予知の知らせがきた」

「ローラント先生が?」

クラウディアは驚いた顔をした。

ローラント先生……クラウディアに光属性の資質があることに気が付いて、さらに昔、ジークの命を助けて侯爵家に送り込んだ人ね。たしかAクラスの予知能力者だ。

機会があれば会ってみたいな。

ジークはうなずく。

「今度の体育祭で、〝特別な悪意〟が、騒ぎを起こすらしい。もっともそう重大なことにはならないだろう、と言うのだが、一応、警戒しておきたいし、君にも協力を要請したい」

「〝特別な悪意〟……」

クラウディアがぎゅっと、拳を握るのがわかった。

「話くらいは聞いているんだろう?」

クラウディアは答えた。

「うん。そもそもわたしみたいなのが生まれたのは、魔瘴が活発になって、〝特別な悪意〟が世に出てくるからだろうって先生がよく言っていたから」

え……？

わたしは彼女の反応に違和感を覚えた。

話を聞いているってだけの感じじゃない。これは……。

「もしかして、これ以前にも危ない目に、遭ったことがあるの？」

クラウディアは笑ってうなずいた。

「ちょっとだけね。心配しないで。そりゃ、一番、最初のときは、ちょっとえぐかったけど、先生が助けてくれたし、先生に追っ払い方を教わってからは平気。わたしが一番、強いもの」

光魔法の遣い手としては、彼女が最強……それはそうなんだろうけど。

わたしは改めて今までのクラウディアの行動を思った。

彼女がやたらと好戦的で魔法で戦いたがるのって、単に直情で脳筋なだけじゃなかったんだ。

むしろ自分のやるべきことを、きちんと見据えているため。

改めてジークを見ると、彼もそれは当然、みたいな顔をしていて、来たる危機について把握していたことがわかる。

それに比べて、わたしはどうだろう。

ゲームの知識で、災厄がくることはわかっていたはずなのにジークの心配しかしていなかった。

「わたしも一人では、魔瘴の親玉みたいなのは倒せないけど、時が来たら、きっと助力してくれる仲間が集まるって先生が言ったからあてにしてる……ていうか生徒会長やマリアもそうなのかも？」

「ジークはそうだと思う。わたしは……魔力はあまりないから……でもできることはしたい」

わたしは呟くように言って、ジークを振り返った。

「体育祭でのこと、わたしも感じるの……たぶん、最後のリレーのときよ」

ゲームのレオンハルトルートでは、魔瘴に冒されたジークがレオンに負けそうになったときに、その憎しみが噴出する。黒い鳥のような大群が選手に襲いかかろうとするのをクラウディアが止めるのだけど。

今のジークは大丈夫だから、その他の誰かかしら？

ともかく体育祭時点ではゲームプレイヤーにも魔瘴に冒された人物はわからないようになっていた。

その他、ルートによって、いろいろなパターンがあるけど、共通しているのは、最後のリレーのとき、勝利を掴もうとするルートキャラ——クラウディアと思いを交わし始めている誰か——を阻害する方向でなにかが起こるのだ。

ジークは眉をひそめた。

「マリアも？　君の能力で、ローラントを上回る精度で特定するのは不可能だと思うが」

「あ、あはは。そんな気がするってだけだから、あまり信用しないで。一応、注意だけ……」

「いや、そういう行き当たりばったりなのが君の能力だったな。注意は必要だ。覚えておこう。

クラウディアもいいな?」

「うん……ってマリアも予知能力者?」

「そこからか……」

ジークが呆れたように呟く。

あはは。身近にAクラスがいるような人に改めて話すのはと、躊躇したら忘れてました。

「Cクラスだし、あんまりあてにならないけどね。一応」

話しながらわたしは迷っていた。

ジークには洗いざらい話すべきなのかもしれない。

魔瘴や〝特別な悪意〟について、彼が理解して対策を練っているなら尚更。

自分が闇堕ちしてレオン様に殺される可能性とかぞっとしないけど、そのルートはもうだいぶ変化しているから問題ないと思う。

合理的でそういう、「もしも」の話を咎めたりはしない人だし。

けれど、そうすると、わたしに前世の記憶があったり、ジークの出生の秘密を知っていたりすることも、話さなくてはいけないわけで。

ジークの傷に触れてしまわないかとか、わたしも嫌われてしまうんじゃないかとか、いろいろな不安があった。

まだ決心がつかないうちに、ジークがクラウディアを挑発するように手を差し出した。

「そういうわけで、クラウディア、俺と手合わせをしようか」

「いきなり? それは願ってもないけど……」

クラウディアがとまどった様子で言う。

「君が王太子に勝つのを待っていたが、どうにも時間がかかりそうだし、彼も私情が交じってなかなか本気が出せないようだからね」

少し皮肉っぽい言い方で、ジークが唇を吊り上げた。

クラウディアが眉を顰める。

「レオンが本気じゃないってこと?」

「故意に手を抜いているとは思わないよ。君を傷付けたくないんだろう」

「手合わせだもの、怪我なんかさせないでしょ」

「それでもだ。好きな子を全力で殴れる男は少ない」

ちらっとこちらを見られた……。えっ、そういうこと? ちょっと照れる。

クラウディアも意味がわかったのか、ちょっと赤くなった。

「そ、そんなのどうかわからないわよ。レオンにはなにも言われてないもの。それよりどうして生徒会長がそんなこと知ってるの⁉」

「秘密裏の閉鎖空間じゃなくて、運動場や体育館でやっているだろう? いくらでも見聞きして報告してくる者がいるさ。記録映像なんかかもね」

ジークは悪びれない。

まあ、そういう人だし……。

諜報部隊というか、ジークに心酔してて、彼が知りたがる情報を必死で掻き集めては報告する一派がいるのは知ってる。

「ともかく、だ」

ジークは話を戻したいのか、一つ、咳払いして言った。

「君の魔力には目を見張るものがある。光魔法が使えるのも大きな強みだ。だけど、だからこそ、対等以上の相手を前にした戦い方を知らない。王太子のことを言ったが、彼の戦い方もまだなっていないし、甘すぎる」

クラウディアは、カッとしたようだが、一度、目を伏せて、気持ちを落ち着けたようだった。

再び目を開いたときは、彼女は今までは見たこともないような冷静な顔をして、目だけは戦闘意欲に燃えたぎっていた。

「そこまで言うなら、あなたはさぞ強いんだね」

「おそらく、君たちよりはね」

ジークは、先ほどから調子の変わらない淡々とした口調で言う。

「場所を変えよう、ついてきたまえ」

彼に連れていかれたのは、今までそこにあることもしらなかった地下にある広い空間だった。

天井も柱も石造りのようだ。少し寒い。

「闘技場……?」

クラウディアが言う。

「そう、神殿にもあるだろう。〝特別な悪意〟に対峙するのはあそこの重要な役割だから」

え……わたし今まで、単純に神様(シュタイン)に祈りを捧(ささ)げる場所だと思っていた。

司祭様も優しい人が多いし。

慈善事業も盛んで、地域の子供の教育にも一役かっている。

でも、前世でもカトリック教会には悪魔払いをする人が居たって言うし。そういうものかも。

ジークはその闘技場らしき壁を叩いてみせた。

密度の高いような鈍い音がする。

「このとおり、頑丈に出来ているし、音も吸収する。ここなら、思いっきり魔力を使っても、外に迷惑をかける必要はない」

「そうなのね」

クラウディアは、少し毒気が抜けたみたいな顔で、きょろきょろとあたりを見回している。

ジークは上着を脱いで床に置いた。クラウディアに向かって言う。

「その左手のリングで、魔力に制限をかけているようだね、外したまえ」

「え……大丈夫なの?」

クラウディアは躊躇した。

その様子を見るに、レオン様相手でも外してはいなかったようだ。

ジークはさらりと言う。

「全力を出さなければ、相手の力量などわかりようもないだろう」

「……わかった」

クラウディアは、リングを口元に近付けてなにか唱えた。前に教えてくれた呪文みたいだ。

あ、そういえば、こんなリング、というかアイテム、ゲームにはなかったな……。

ていうか、クラウディア、ここまで武闘派ではなかったし。

リングが強い輝きを放った。

「至光の矢よ、貫け！」

クラウディアが、小さいけれど鋭く輝く光の矢を無数に作り出して、ジークに放った。

ジークが黙って手を上げると、水の壁ができて矢をすべて弾き返す。

「ちぃっ」

クラウディアは、今度は両手を胸元で向き合うようにして、光の玉を作った。そのまま、地上を蹴って、やや上の方からジークに叩き付けようとする。

その瞬間。

本当に一瞬だった。

クラウディアが光珠を作っている短い間、ジークもまた、手を上空にかざし、空に氷のドラゴンを出現させていた。

前も見たけど、ジークの作り出す龍は前世でいう西洋風のずんぐりしたものではない。前世で、中国や日本で描かれた、細長い、大蛇を凶悪にしたような形のものだ。

それは、大きく輝いたかと思うと、クラウディアに襲いかかりその身に巻き付いた。

「な、なにっ」

クラウディアは飛び上がったところでバランスを崩し、そのまま落ちた。落ちる瞬間、障壁のようなものが床を覆ったのが見えた。

大きな音がしなかったから、怪我をさせないように配慮はあったみたい。

「やっ、なに、これ」

クラウディアはバチバチと光を飛ばしながら、巻き付く氷の龍をちぎろうとした。

それは、いくらかは成功したけれど、だんだん、クラウディアの動きが鈍くなってきた。

「ど、どういうこと、なにこれ……」

クラウディアはやがてふらふらになって、床にうずくまってしまった。

「なにか……力が抜けて……」

「魔瘴の危険さがわかったかい」

ジークはさっと手を振って、クラウディアの拘束を外した。

まだぐったりしている彼女を見て、わたしに声をかける。

「ちょっとやりすぎたか、マリア、少し治療してやってくれるか?」

「う、うん……」

わたしは、クラウディアの近くに寄って、癒やしの魔法を使った。

クラウディアの顔に、血の気が戻ってくる。

「あれ……なに?」

彼女は、眉を寄せて言った。

ジークは腕組みして重々しくいう。

「今回の魔瘴には、魔力を吸い取るタイプのものがいる。それを真似てみた」

わたしは思わず呟いた。

「魔知らずの森……」

「そうさ」

ジークはうなずいて。

「あの、沼にいた魔物を解析してね、魔力を吸い取る術式がわかったんだ」

「それ、闇魔法の領域なんじゃ……」

わたしはドキリとした。

とんでもないところからジークが魔王化してしまったら？

「バカ。俺がそんなものに手を出すものか」

ジークは、あっさり否定して肩をすくめた。

「むしろ、マリアがやっている土の治癒魔法の応用だな。人に生気を分け与える働きを、逆に書き換えて吸収する」

「えっ、わたしの？」

そんな恐いことができるとか考えたくないけど。

「まあ君にはムリだから、怯えなくていい」

系統は同じなのに、あっさり切って棄てられた。いいけど。

そうか。わたしの得意魔法で、ジークが得意なやつじゃなくても彼の方が強いのか。

ジークは座り込んだままのクラウディアに手を貸して立たせながら言った。

「君はよくやっている。けれどローラントが言っただろう？　情報は力だと。敵をよく知って対策しないと、すべては後手に回る」

クラウディアは悔しそうに言った。

「生徒会長は……敵のことを知っているの？」

「君よりはね」

「だったら！　もっと学院の他の子にも広めて対策を促した方がよくない？　〝特別な悪意〟が現れることは、もうわかっているんでしょう？」

「それで？　誰が魔王になるか、異端審問でも始めるのか？」

ジークは皮肉な調子で言った。

「ローラントはなにも、俺だけに注意喚起をしているわけじゃない。生徒会の他のメンバーや教師など、必要なところには、情報は回っている。敵の正体もわからないうちに、それ以上、拡散したところで、余計な混乱や疑心暗鬼を招くだけだ」

「…………」

クラウディアは考えこみながら、手首のリングに呟き、また呪文をかけ直した。

小さく光を放ったリングは、輝きを落とす。

ジークは続けて言った。

「君さえよければ、放課後、戦い方を教えるが？　魔力吸収をする敵に対して無策なのはまずいだろう」

「本当？　ぜひ、御願い！」

クラウディアの顔が輝く。

「元々そのつもりで呼んだんだ。なにも叩きのめして勝ち誇りたいわけじゃない」

「さっすがあ、生徒会長、太っ腹！　でも……あれならレオンとかレオンの友達を呼んじゃだめかな？」

クラウディアは、良い事を思いついたというように手を打ち鳴らした。

「王太子は最高峰の魔力の持ち主なんでしょ？　取り巻きのユーリ達もかなり強いって聞いてたし」

あ……。それは。

ジークの顔が初めて、少し歪んだ。

「それはできない」

「え？　どうして？　レオンは生徒会長のことが大好きだって言ってたよ。それに国を守る立場の人だし、きっと協力してくれる……」

「君が俺に教わったことを彼に伝えるのはかまわない。いや、書状を書くのでローラントの言葉をそのまま渡すべきだろうな。用意しよう……だが、直接会うことはできない」

「生徒会長……?」

なにか理由があることを察したのだろう。クラウディアが口ごもる。

ジークは吐息をついた。

「災厄に対峙するには、それが一番というのがわかっているんだが、俺も未熟だということだな。最近は特に」

「また……なにかあったの?」

わたしは堪えきれずに口を挟んだ。

ジークは、ちょっと複雑そうな顔でわたしを見た。

「あったと言えばあったか。まあ、私的なことだ。ただまだ、彼絡みのことは……冷静に対処できる自信がない」

そして、クラウディアに視線をやる
「君はすべてを知る権利がある。よければ、彼に聞くといい。俺の口からは言いたくないだけだ」

クラウディアは目を見張った。

「彼って……レオン?　いいの?」

「ああ」

わたしはたまらずジークの傍に寄り添った。

「なにもかも急いで解決する必要はないわ。疲れたでしょう。生徒会室に帰って、みんなでお茶を飲みましょう」

そんなこんなで体育祭の準備をしながら、日々は過ぎていった。

クラウディアは早朝とか休みの日も、ジークのところに通っていたようだ。

数日、神妙な顔付きでいたから、ジークとレオンのことも聞いたのかもしれない。

いろいろ知っていながら、ジークにもクラウディアにも話せない立場なのがもどかしい。

わたしは、どうしたらいいの？

迷いながらも、わたしは体育祭らしく、皆といっしょに造花の飾り付けを作ったり、赤組のチアリーディングの練習に参加したりして、そこそこ満喫していた。

せっかくやるなら楽しまなくっちゃ……。

体育祭の成功は、生徒会長のレオンの責任でもある。

クラウディアも、魔法の訓練は訓練として、ちゃんと準備にも参加していたみたいだ。見事なバトントワリングを披露してくれた。

それ、白組の機密事項では……？

と思ったけど、わたしはそれを赤に漏らしたりしないのでまあいいか。

ちょっとだけ、気になるのは、このところ家でお父様がわたしの顔を見て、心配そうな顔をすることだった。

「ジークハルト君は元気にしているか？　おまえは特に変わったことはないかね」

とか、同じことを何度も聞いてくる。

一体、なんだろう？

疑問には思ったけど、漠然としすぎて、よくわからなかった。


開催期日が近付くと、クラウディアとは一応、敵同士ということで、ちょっと距離をおいた。

放課後になると、同じ学年内で、赤組と白組は別々の教室に行く。

同じ赤組になったエリーゼと、久しぶりに旧交を温め合った。

「マリアったら、本当に薄情なんですから！　寂しかったですわ」

エリーゼには涙目で詰られたけど、なんか……ごめん。

「特待生と仲良いのはいいですけど、わたくしのことも少しは思い出して？　なんなら特待生も仲間に入れて、おうちでおしゃべりしましょう」

「それは素敵ね」

クラウディアは生粋の貴族からも好意的に見られて受け入れられてはいるけれど、やっぱりちょっと目新しい珍獣扱いみたいなところはあって、心からの友達は少ないみたいだ。

エリーゼみたいにおっとりした人から、仲良くするのもいいかもしれない。

将来、レオン様とどうにかなるにしても、高位貴族の後ろ盾は必要だし……。

わたしがあれこれ考えていると、エリーゼがふっと、憂い顔になって言った。

「それにしても……大丈夫ですの？」

「え、なにが？」

その調子がお父様と同じだったので、わたしはちょっと不安になった。

エリーゼは、わたしを睨むようにして言った。

「もう、相変わらず鈍いんですから。ジークハルト様のことよ！　いいかげん婚約を発表してもいいのでは？」

「えええっ、どうしたの突然……」

「突然、じゃないですわ。アンスリアとか、あなたたちを知っている人はみな心配してますのよ」

「一体……？」

全く見当のつかないわたしに、エリーゼは溜息をついた。

「なにも知らないって、ジークハルト様が悟らせないようにさせてますのね……それだけあなたを大事にしてらっしゃる。でも知っておいたほうがいいと思います」

エリーゼが、ずいと、顔を近付けてきて言った。

「ジークハルト様の縁談が進んでいますわ」

「え……？」

わたしは頭が一瞬、真っ白になった。

縁談？　だって、わたしが居るのに？

一瞬、そう思ってしまってかぶりを振る。

どこまで図々しくなっていたんだろう。

以前まではそんな日がくるのを、ずっと覚悟していたはずなのに。

ジークはエリート、わたしはあまり裕福でもない子爵令嬢。もともと釣り合いが取れていない。

卑屈になりかけた心はエリーゼの爆弾発言で、吹っ飛んでしまった。

「しかも相手がよくないわ、アッヘンバッハ公が後押ししていると言うんですもの。ご親戚の令嬢だそうで……エイゼン侯爵も断るのに苦労してらっしゃるとか」

「アッヘンバッハ！」

わたしは呆然と呟いた。

王太子のレオン様の実母……今の王妃様の実家であり、ジークのお母様に冤罪を着せて放逐した家だ。

「そうよ。きっと、ジークハルト様が優秀だから味方に付けたいと考えたんでしょう。レオン様は真面目であまり縁戚に融通を利かせそうではないし。ジークハルト様ならそれなりに野心がおありで後ろ盾を喜ばれるとでも思ったのでは？」

「それは……ないわ」

わたしは低く言った。エリーゼは大きくうなずく。

「当然よ。マリアがいるのに、そんな誘惑に乗る方ではないのは明白でしょう。だからはっきり、婚約のことは公にする方がいいと……」

「それ以前に、アッヘンバッハだけはありえない」

強く言い切るわたしに、エリーゼは驚いたみたいだった。

「そうね……そうかも。王妃様のご実家とはいえ、最近、あの家は王家を軽んじているような節があるし……」

エリーゼがいろいろ考えていてくれている話は耳に入っていたが、わたしは応対することもできないほど、怒りに震えていた。

どうしてそんなことができるの⁉

アッヘンバッハ公はジークのお母様に冤罪を着せ、ともすればジーク自身も消そうとしたくせに。

おそらくジークがそれを知っていると思っていないのでしょうけど……だとしたら余計に。

知らなければ……また良いように利用しようだなんて。

どこまで彼をバカにすれば気がすむの？

そこまで考えてわたしは悟った。

この間のジークの言葉の真意。

以前、レオン様がジークを慕っていることを伝えたとき、ジークは迷っていたようだった。

ご実家のことはレオン様のあずかり知らぬことと分けて考えることができていたからだ。

それなのに、〝特別な悪意〟の来襲、ということを前にしても、レオン様に対して冷静でいられない、なんて……。

ものすごく怒っていたからではないかしら。

ジーク本人でないわたしも、こんなに怒りを覚えるのだもの。当然だ。

わたしは自分のことは忘れて、ただただジークのために憤っていた。


そんなことがあった、体育祭の当日。

赤組と白組の力量はうまい具合に拮抗していて、試合は白熱していた。

白の大将は、一年ながら強く推されたらしいレオン様。

赤組は当然のようにジークだ。

応援合戦、格好よかった……。

お祭りを普通に楽しみつつも、クラウディアは、よく緊張した顔で、腕のリングに手をかけていた。

レオン様やご友人も、少し周囲をうかがっている様子が見てとれる。

ジークは、あまりいつもと違うようには見えないんだけど。

恐らく表には出さないようにしているに違いない。

そんな感じで、最後の競技のリレーになった。

白組がわずかにリードしている。

けれど、リレーで勝てば簡単に、ひっくり返る点数だ。

赤から三チーム、白から三チーム。

各学年ごとに、二人ずつの精鋭が出て、全部で八人が六チームで速さを競い合う。

ジークもレオン様も所属チームのアンカーだった。

身体能力の高いクラウディアも選手の一人になっている。

わたしは祈るような気持ちで、運動場に並んでいるジークやレオン様、クラウディアの姿を見やった。

せっかくならジークに勝ってほしい、けどその前に魔瘴が……。

みんな無事でありますように。


ピストルの音がして、スタートダッシュが始まった。

先発のクラウディアが、二位に大差をつけて悠々とトラックを回る。

ゴールでわたしの姿を見つけたのか、手を振ってきた。

今日は、一応、敵なんですけど。

二番手、三番手と交替して、順位はだんだん変わっていく。

かなり混戦しているようだけど、レオン様のチームがトップで、彼にバトンが渡った。

「よし!」

レオン様が、力強く声を掛けてきれいにスタートを切ると、白組から黄色い声が上がった。

遅れて赤組の一番手と、白組の二番手が続く。

ジークにバトンが渡ったのは四番目だった。

焦りの欠片もない顔で、ジークがバトンを受け取る。

そのときだ。

にわかに空がかき曇った。

あたりが暗くなる。

「な、な、なんだ……」

あたりが、どよめいて、選手達の走りが止まった。

雷鳴が、空の真ん中を走る。

どーん、と音がして、運動場の真ん中に孔が開いた。そこから無数の黒い鳥のようなものが飛び出してくる。

「魔瘴だ!」

誰かが怯えた声を上げた。

普通、魔瘴は目に見えない。形を取るのは、相当、力が強いもの。

みな、それくらいの知識はある。

あちこちで悲鳴があがり、観客が、こぞって、会場から逃げだそうとした。

そのときだ。

ジークが、体育祭の実況をしていた放送部のマイクを奪い取り、大声を上げた。

「みなさん、落ち着いてください！　あれは魔瘴ではありません。緊急対策訓練をかねた余興の一種です」

ジークの声と共に、光の網のようなものが空に広がった。

それが、空に広がる鳥のようなものを、搦（から）め捕り、そのまま宙に浮かせる。

「おお！」

ジークの声に、足を止めた、観客が感嘆の声を上げた。

誰かが、運動場の真ん中で、魔法を展開している。

クラウディアだ。

彼女は網を引き絞り、中の鳥のようなものを、ぎゅっと一つに纏める動きがある。

網の容量が縮まり、クス珠くらいの大きさになったとき、突然、それが弾（ひ）き飛んで虹色の光を放った。

「あ、アメ！」

観客に交じっていた、小さな女の子が声を上げた。

色とりどりの小さなキャンディが、空から降ってきたのだ。

わたしは、あっけに取られてそれを見守った。

ジークが、台に上って挨拶をする。

「ご観覧の皆様、驚かせてしまい申し訳ありません。実は、そろそろ周期的に〝特別な悪意〟が現れるのではないかという懸念が出ております」

突然の宣告にまた大きなどよめきが起こる。

怯えた空気が会場をよぎった。

「しかし安心してください。今日のものは、それを想定し、このような大きな催しの最中に騒ぎが起こった際の訓練でした。皆様、冷静に行動してくださってありがとうございました」

ジークはゆったりした口調で安心させるように語り、一旦、言葉を切って、皆を見回す。

「それでは、三十分の休憩をとって、最後の競技であるリレーを再び行います。最後までゆっくりとお楽しみください」


「今日の勝利の秘訣(ひけつ)はなんだと思いますか」

やり直しのリレーで結局、ジークが最後、レオン様を含めた三人抜きをやりとげ、赤組が優勝した。

代表して、優勝カップを受け取ったジークに、放送部員がインタビューを始める。

「点差を付けられても、皆が自暴自棄にならず、着々と自分達の本分をやりとげてくれたおかげでしょう。チームワークの勝利ですね」

「とはいえ、最後にジークハルトさんの活躍がなければ、逆転までは難しかったと思いますが。勝利の秘訣は？」

「俺に限っていえばそうだな……功労者を呼んでいいですか」

ジークハルトは、涼しい顔で、インタビュアーの返事も待たずに言った。

「マリア。おいで」

え、えええええええ、今、それ始める！

わたしが動揺したのは、いきなり名指しで呼び出されたからではなかった。

このシチュエーションとセリフに覚えがあったからだ。

これ、ヒロインの恋愛ルートのときの体育際イベ……。

ゲームのヒロイン、クラウディアが、誰か攻略対象と一定以上の親密度を上げて恋愛ルートに入った場合の話だ。

その相手が体育際で大活躍をして、貰った賞品をヒロインに捧げて恋人宣言をするという、ちょっと甘酸っぱいような恥ずかしいようなイベントがあるのだ。

たとえば、レオン様の友人のミヒャエルだと百メートル走のときのメダル…とかそんなんだけど、レオン様とジークの場合は違う。

ま、まさかよね、私はクラウディアじゃないし、ただのモブだし、あれよ。もしかして、荷物を持っておけとか、そういうっ!

「もうマリアったら、何、ぐずぐずしてんの、みんな待ってるじゃん」

「ク、クラウディア」

クラウディアに促され、背中を押されるようにして、表彰台の上に載っているジークの元に歩き出す。

「遅い」

「遅いって言われても……」

おっかなびっくり彼の横に行くと、肩を抱き寄せられた。

「ひゃっ」

「皆さんにご紹介します。婚約者のマリア嬢。彼女に今日の勝利は捧げます」

ジークはそう発言すると、わたしの頬にキスをした。

ひゅううっと、聴衆がどよめく。女性徒の悲鳴も聞こえた。

その上、ジークは先ほどまで抱えていた優勝カップをわたしに持たせると、カップごとわたしを抱き上げたのだ。

ひいいいい。

ゲームでもそこまではやってない!

「赤組の勝利と白組の健闘を称(たた)えて、皆さん、もう一度、拍手を御願いします!」

うわああっと、歓声があがって、万雷の拍手がわきおこった。

え、なに……これ、体育祭、だよね
わたしは焦って、保護者席や先生達の方をみるが、みな、微笑ましそうににこにこしているだけだ。

クラウディアも嬉しそうに笑って、にこにこ手を振っている。

ゲームイベントだけど、私、主役じゃないのに！

祝福してくれる皆の中で、マチルダ始め、ジークのファンと思しき女性達の視線が痛い。

こ、こんなことになるくらいなら最初から、親同士の取り決めで婚約してるんです。でもどうなるかはわからなくって！　って言っておいた方がよかったよ。

わたしは、内心、泣きそうになりながらも、空気を読んでおとなしくジークの腕の中に収まっているしかなかった。


「仕方ないだろう。魔瘴の件をうやむやにするためにはあれぐらやらないと」

皆が解散した後、人気のない生徒会室に連れていかれて涙目で抗議するわたしに、ジークはしれっと言った。

膨れて、ちょっとにらみつけるわたしの髪の毛を、指で梳くみたいにして、綺麗な笑顔でニコ

ニコ見つめてくる。

わたしがそういうのに弱いの知ってるんでしょう！

本当にずるいんだから。

魔瘴の発生が、緊急対策訓練をかねた余興の一種だなんていうのは勿論嘘だ。

ジークやクラウディアが示し合わせて、「魔瘴がこちらでどうにかできる程度だったら、そういうことにしてしまおう」って用意したトリック。

手に負えない程度だったら安全を優先したけれど、そうでない場合、体育祭を台無しにしたくなかったから。

クラウディアが魔瘴を光の網で捕縛して消したところまでが本当で、あとはジークが幻影を使って、用意したキャンディを飛ばしただけだったりする。

レオン様達も協力したのかな？　そこらへんはよくわからなかった。

「それに婚約を大っぴらに宣言して、うるさいやつらを黙らせることもできたしな」

「それって……」

わたしは、口ごもった。

「お父上か、友人のあたりに聞いていただろう？」

「なんでわかるの？」

ジークは苦笑した。

「そもそも子爵にマリアに顔向けできないことなどしないし、早急に決着をつけるから、伝えられてもかまわないと言っておいたんだが」

「お父様は、なにか言いたそうではあったのだけど、結局なにも言わなかったわ」

「そうか。まあどう言えばいいかわからないのは理解できる」

「でも……大丈夫なの?」

ジークのお母様の仇であることを除いても、アッヘンバッハ家は絶大な権力の持ち主だ。お義兄様のエイゼン侯爵も断るのに苦労していると言っていたのに、こんなに派手なことをして目を付けられないだろうか。

「かまうものか。元々、君と婚約しているんだ。他の女性を勧める方が無理筋だ」

ジークは吐き捨てるように言った。

「そもそも、彼はいつまでも、今の地位には居ない……居させない」

その瞳に揺らめく炎を見て、わたしは、やっぱり彼もアッヘンバッハに対して怒っているのだなと理解した。

けれど、それは、心配していたような、闇堕ちとか、魔瘴に冒されたものとは違う。

そもそもジークの怒りは当然だし、正当なものだ。

けれど、それはなんて孤独な戦いなのだろう。

わたしは手を伸ばして、ジークに抱きついた。

そんなわたしを抱きしめ、見下ろしてジークがとまどうように呟く。

「ごめん。怖がらせてしまったかな?」

「ううん……」

私は首を振った。

「わたし……こんなだけど、ずっと傍にいるから」

ジークはくすりと笑った。

「今更かい？」

「ずっとそう思っているけど、改めて思ってもいいでしょ」

「ああ。なら俺も改めて誓おうか、離さない」

二人、じっと見つめ合って……。

ゆっくりと唇が重なった。

好き……。

ずっと好きだったけど、もっともっと好きになる。

昨日より明日が、明日より明後日が、きっと好きが大きいの。

「はっ……」

お互いの気持ちを確かめ合うような口づけは、けれど、すぐに深くなった。開いた唇の中に、ジークの舌が入り込んで蹂躙する。

「んんっ……」

ちょっと苦しい。

でも離れたくない。

わたしはジークの首に腕を回した。

ジークはわたしの背に手をおいて、ぐっと引き寄せてくる。

深く深く絡みあって、吐息をお互いに呑み込んで。

ほんの少しだけ、唇を外したときに、ジークが言った。

「マリア、舌を出して」

「え……」

「いいから出して」

誘われるように言って、おずおずと舌を出す。意外と恥ずかしい。

ジークがうっとりするような笑みを浮かべて、その舌に自分の舌を絡めてきた。

「ん、んっ……ん……」

舌を絡め合いながら、唇の奥に押し込まれて、さらに深く繋がった気がした。

ジークの手が抱き合う身体と身体の隙間に入り込んで、胸を包み込んだ。

そのままゆるゆると揉まれる。

「あっ……」

「気持ちいい?」

「気持ちいい……けどダメ」

誰がくるかわからない。そもそも学校の中だ。

「そうだな……」

「そうよ……」

そう言いながらも、離れがたくて、しばらくはキスしたり離れたり、お互いを撫であったりしていた。

「これ以上は……ダメ、だな……」

ジークが熱い息を吐いて、もぎ離すように身体を遠ざけた。

「あ……」

ほっとすると同時に、半身が、剝がされたような、心細い感じがした。

「こら。俺が我慢したのに、そんな顔するな」

ジークがわたしの額をコツンと拳で打つと、そのあと、自分の額をくっつけてきた。

「だが、中途半端にするもんじゃないな……後を引く」

はぁっと。

熱を帯びた溜息を吐きかけるので、わたしも、変な気分になりそうになる。

「もうっ！」

ぶつ真似をしたら、ジークは快活に笑ってさっと避けた。

空元気かもしれないけれど、こんなふうに笑ってくれるだけで安心できる。

ジークは大丈夫だよね。

アッヘンバッハを憎む気持ちはあっても、魔瘴にやられたりは…しないよね。

少しだけ心許ない気持ちを振り切るように、彼の上着を掴んで見つめると、彼は今度は優しく笑って耳元で囁いた。

「今度は、最後までするから覚悟しておけ」

そのえっちぃ声、反則……。

私は耳を押さえて、真っ赤になった。

第六章　みんなで幸せになりたい

体育祭の翌週のことだ。

秋を通り越して、そろそろ冬支度が始まるころ。

わたしは、クローゼットから取り出してもらったコートの暖かさを感じながら、いつもの道を歩いていた。

「？」

いつもなら、元気にこのへんで声をかけてくるクラウディアがいない。

どうしたのかしら。

心配になって、きょろきょろと辺りを見回した。

いつものなんとなくの勘が働いて、少し先の裏道に入ったわたしは、声を上げた。

制服があちこち破れ、ぐったりとしたクラウディアが、道の端に座り込んでいたからだ。

「クラウディア！」

わたしは悲鳴を上げて、彼女に駆け寄った。

一瞬、死んでしまったのかと思って、目の前が暗くなったけれど、近付けば、息をしているのがわかる。わたしは、慌てて伝令妖精を飛ばした。

ジークと、それにレオン様とセイラム先生に。

そして、魔法を使って応急処置を試みる。

「ん……」

少しだけ傷が癒えたところで、クラウディアが身じろぎをした。左手首のリングがちかりと光る。

もしかして。

わたしはクラウディアに近付いて、教えてもらった呪文を唱えた。

「——目覚めよ創世の光。偽りの導きを撥ねのけ、滅びへの道を巻き戻せ」

リングが強く輝いた。

近くで見たことがなかったけど、本当に綺麗な光だ。

クラウディアの顔に、ゆっくりと血の気が戻ってくる。

魔力は生命力に直結しているので、封じられているよりは解き放った方がいいかと思ったのだ。

「マリア……？」

うっすらと、クラウディアの目が開いた。

「クラウディア、よかった！」

わたしは彼女の手を取って喜んだ。

「そうか……わたし、ドジ、やっちゃったみたい。生徒会長にも注意されたのに……」

クラウディアが悔しそうに呟く。

「いいから、今は休んで。すぐに迎えがくるわ」

そのとき、鋭い声がかかった。

「クラウディア！」

彼が誰よりも早く駆けつけてくれたことにわたしはほっとする。

よかったね。クラウディア。愛されてるよ。

レオン様は、金色の髪を振り乱し、倒れ込むようにしてクラウディアの前に跪いた。

宝物を捧げるように彼女の手を取る。

「大丈夫なのか？」

「命に別状はありません」

「よかった……」

レオン様は小さく呟くと、担架が運ばれてくるまでずっとクラウディアの前に座り込み、彼女の手を握りしめていた。


なにかが起こっている。

ゲームのシナリオにはなかったなにかが。

そのなにか……恐らくは〝特別な悪意〟と関係ある、を滅ぼさなければ、大切ななにか……誰かが、傷ついてしまう。

わたしは意を決して、ジークを訪ねて、生徒会を訪れた。

「今朝は大変だったな」

ジークは、わたしの顔を見ると、立ち上がって近くにきてくれた。

彼もレオン様と時間差で駆けつけてくれたけど、既にクラウディアは運ばれた後だったのだ。

意識もあるし、わたしの応急手当のあとに、ちゃんとした治癒魔法も使われたので、三日ほどゆっくり休んで回復させれば、全快できるとのことだった。

よかった。

ジークは、ぽんぽん、と優しく撫でるようにわたしの頭の上で、手を弾ませる。

普段は座り込んで、お茶を出すの待ってるくせに。

こんなときだけ、優しいんだから。

「あのね、話があるの……長くなるけど」

ジークは目で続きを促す。

わたしは、彼にもわかるように、言葉を選びながら、ゆっくりと前世を思い出してから、今までのことを話した。

最初は、わたしの話を真面目に聞いていてくれていたジークもだんだん、額に手をあて始め、机に片肘を突き、終わり頃にはほとんど机につっぷしていた。

「……途方もない話だな」

「信じてもらえない？」

ジークに手伝ってもらえなければ、どうしたらいいかわからない。

少し心細い表情になっていただろうか、ジークはちらりと見て、嫌な顔をする。

「そんな顔をしさえすれば、頼みを聞いてもらえると思ってるだろう」

「そんな顔？」

どんな顔かしら。自分ではよくわからない。

ジークは深い溜息をついた。

「マリアがなにかに悩んでいて、俺に隠し事をしているのはわかっていた」

「前もそんなこと言ってたものね……」

「だから、君が嘘をついているとは思わない。だが、内容そのものをそのまま信じられるかと言うのは話が別だ」

「わたしの頭がおかしい？　とか？」

「そうも言っていない。言ってみれば、君の、偶然で片付けるにはよく当たるが、絶対的な正確さには欠ける予知のようなものだろう」

「予知……」

断片的で、曖昧で、すべてそのとおりになるとは限らない。

そう言われれば確かに、予知と同じような気がする。

「君が嘘をついていないだろうという、証拠はある」

「え……」

わたしは息を呑んだ。

ジークは難しい顔をして、椅子から立ちあがって、窓際にいった。

わたしから背を向けてしばらく黙りこくっていたが、意を決したようにわたしを振り返る。

そしてわたしの目を見て言った。

「確かにマリアの言うとおり、俺の元々の名は、ジークハルト・ローゼンハイム。現時点で、王位継承権第一位を持つ、この国の王子だ」

そんなことは、最初からわかりきったことで、ずっと前から知っていたことだった。

それなのにわたしは、自分でも驚くほど衝撃を受けていた。

ずっと知っていたことを、ジークの口から告げられただけ、なのに……。

「マリア？　どうした？」

「え？」

「何故、泣く？」

ジークが近寄ってきて、涙を拭ってくれた。

「だ、だってジークが……ジークが……」

「俺が？」

「遠くに行ってしまうって……」

しゃくりあげながら、たまらなくなって泣き出すと、柔らかく抱きしめられた。

「バカだな……」

「だって……」

「先ほどの話を聞く限りでは、俺とクラウディアが結ばれるように身を引こうとしていたように聞こえたんだが？」

「だって、そうしないと、ジークが死んじゃうって思ったから……」

「それなら、先に俺に全部話して、相談するべきだったろう」

「だってぇ……」

なおも泣いていると、口づけられた。

不意を突かれてきょとんとすると、綺麗に微笑まれる。

「ただ事実を述べただけだ。俺はどこにも行かないさ」

「だって、ジークのお母様は冤罪で……本来なら正当な王太子は……」

ジークは吐息をついた。

「先ほどの話だが、少し事実とは違っている。俺は王子であることはもうだいぶ幼い頃から知っていた。義父が包み隠さず話してくれたからね。そのときに母が冤罪かもしれないことも示唆されていた。俺の助命のために君のお父上やローラントが動いてくれたことも」

「お父様が……?」

　全く知らなかった。わたしは目を見張る。

「父の死後、アッヘンバッハ家と敵対する者がやってきて、いろいろと吹き込んでそそのかしてくれたのは本当だ。だが、俺は俺を支えてくれたすべてのもののためにも、道は違えない」

　ジークは凛とした声で宣言した。

「母の汚名はいずれ雪いでみせる。母を追い込んだ者にも償わせる。しかし王位には興味がない。幸い、存在を消されているから逃げるのは可能だ」

「え……」

「別に王位を継いでマリアを王妃にしてもいいんだが?」

「えっ、ムリ……」

「そんなことだろうと思った」

　ジークは笑って、わたしの肩を抱く。

「今の立場に不満はないし、王位を継ぐべく育てられたあいつの立場もないだろう。わざわざ混乱を起こす趣味はないさ」

「ジーク……」

「そのかわり」

　耳元で囁かれてわたしは赤くなった。

「この間の続きをさせてもらおうか」

場所を変えようというので、連れて来られた部屋に、わたしはおどろいた。

「ええと、ここ、生徒会室……じゃないんだよね」

「生徒会室は他にあるじゃないか。こんな応接室みたいなわけないだろう」

「いや、でも生徒用の部屋でこんな豪勢な部屋って、他に……」

おっかなびっくり辺りを見回した。

確かに役員だけで五人いて、常時生徒が出入りし、緊急会議をしたりする生徒会室よりは狭いかもしれない。

机やイスも足りないし。

でも。

三人くらいかけられそうなソファに、一人がけのソファが二つ。

大理石のテーブルに、精巧な細工の施されたシャンデリア。

奥には書類仕事をするためか、立派なデスクと、天井まで届きそうな書棚がある。

絨毯もふかふかして綺麗で、ひょっとしたら理事長室のものよりいいかもしれない。

おまけに、奥にも何か扉がある。

「あれって、もしかして……」

「ああ、ベッドがあるよ。ここで仮眠を取ることがあるからね。見るかい?」

ジークは、こともなげにいうと立ちあがって、そのドアを開いた。

向こうの部屋の半分くらいの小さな部屋の中央にでんと、ベッドが鎮座している。

シンプルだが作りも立派で、かなりお高そうだ。

「ええと、生徒会室じゃなかったら、ここは一体……」

「さあ?　俺も先輩から受け継いだだけだから」

「先輩って……確か、創立祭のパートナーだった?」

ジークハルトはさらりと、貴族の一人の名前を出した。

王族の一人で、今はどこかの公爵夫人になっているはずだ。

「生徒会がうまく機能していればいいんだが、王族や高位貴族の名誉職みたいになっていてろくろく仕事ができないことも多い。そういうときは、こちらに有能な生徒を集めて、泊まりがけで仕事を片付けたりする。そのための部屋、かな」


「えっと、あの……」

ソファに座ったジークの膝に彼に背中を向けた格好で乗せられてわたしは躊躇した。

「本当に、するの?」

「またそれか。今更だろう」

「冷静になると、学校でこういうことするのはちょっと……」

ジークの手は、制服の上着の隙間から入って、体を撫で回している。

「鍵もかけてあるし、俺は邪魔されるのが嫌いだから、緊急以外は呼ばないと誰もこない」

「そういう問題じゃ……んっ……」

襟元のリボンを緩められ、首筋を強く吸い上げられて、わたしは目を閉じた。ジークはあちこちに口づけながら、器用に服を脱がせていく。

「制服だとドレスより脱がせやすそうだな」

「そういう問題じゃなくてっ、やっ、だめ」

あせって、どんどんとジークの胸を叩くも、腰に回された彼の腕の力は強くてびくともしない。

「いいだろう？　せっかく二人きりになれたんだ。次はいつになるかわからない。マリアが足りないから補充したいし、君にはおしおきを受けてもらわないと」

ジークがあやすように、耳元で囁いた。

ついでに耳たぶも甘くかまれて、悲鳴を上げそうになる。

「お、おしおきって……あ……」

「おしおきだろう？　こんなに長い間、俺に秘密を作って、さらには勝手に離れようとした」

上着のボタンを外され、ジークの手が、胸の膨らみを包み込む。やわやわと揉み込まれ、服の上から乳首をきゅっと摘み上げられて、ぞくぞくする。

「いいんだろう？　気持ち良さそうな顔してる」

「ちがっ……」

「素直になればいい。もっと良くしてやる」

「やぁっ……んっ」

少しだけ息を弾ませたジークが、今度は手をスカートに忍び込ませて太腿（ふともも）を撫で回す。

もう片方の手は胸を掴んだままだ。

絶妙な強さで、膨らみを揉まれ、先端を刺激されて、息が荒くなる。

太腿を擦っていた手が、徐々に内股に入り込み、際どいところをさまよった。

「んっ……」

一瞬、敏感なところを撫でた手が、すぐにそれて別のところを擦る。つぅっと、下着の際をなぞって、けれど、どこかに行ってしまうのだ。

「やっ……」

期待してしまう自分が嫌で、でも、体は熱くなって、せめて逃れようと思うのに、よりいっそう強く拘束されて、逃げられない。

「さわってほしい？」

「ん……やっ……」

「でもさわってほしそうだよ？　脚がもじもじしている」

「言わないで……」

「ダメだな」

今度は、かなり強めに、指が下着の上をなぞった。

「ふっ……」

いやいやと首を振っているうちに、シャツのボタンまで全部取り払われてしまって、ソファの上に押し倒される。

「はっ……」

潤んだ目で、ジークを見上げると、彼はひどく、真剣な目でマリアを見つめていた。そのまま顔を近付けられると、目を閉じてしまう。

自然に唇が重なった。

吸い上げられ、舐められると自然に唇が開く。開いた隙間から、舌が入り込んで深くなると思わず腕を伸ばして、ジークの首にすがりついてしまう。

くちゅくちゅと唇の間から、音がして、舌が口の中を暴れ回る。その間にスカートに入り込んだ手は、あちこちを彷徨(さまよ)った上で、下穿(したば)きにたどりつく。

「あ……」

下着の上から、秘裂をなぞられた。じゅわりと蜜が、滲んでくるのを感じる。

「びしょびしょだ……」

くすり、とジークが笑うのを感じた。涙目で見上げると、目尻にそっと唇を当てられる。

「泣くなよ。可愛いばかりだ」

「意地悪……」

「強情なマリアが悪い」

ジークがスカートをめくり上げ、下着を下ろすのにも、もう抵抗できなかった。

拳で口元を押さえたまま、されるがままになっている。

ジークの頭が下の方に下がった。

まさか。

慌てて逃げようとしたけれども、がっちり脚を掴まれていた。

折り曲げられ、高く掲げられて、あられもない格好になる。

「やっ……」

ジークの指が、和毛(にこげ)の奥の秘裂をそっと割り開いた。ひんやりした空気があたる。

ぴちゃ、と濡れた音がした。生温かいざらりとしたものが、敏感な花芽を舐め上げる。

「いやっ、汚い、やめて……」

わたしは暴れた。お風呂にすら入ってないのに、ジークにはそんなとこ……。

知識としてはあるけど、信じられない。

くすり、と笑う気配がした。

「別に汚くないさ、綺麗なピンク色をしてる」

「そういう問題じゃ……あ……ダメ」

「声が気持ち良さそうだぞ」

「ちがっ……あっ、ああ……」

気持ちよいか悪いかと言われたら、ものすごく気持ちがよかった。

いやらしく脚を開かされ、動けないようにされているのも、どこか背徳的な悦びがある。

溝の奥に舌が入り込み、蜜を啜り取られる。

温かく濡れたものに、舐め上げられるたび、自分が蕩けてしまいそうだ。

自分の身体にそんなところがあったのが信じられない。

なんでこんなに気持ちいいんだろう。

「んんっ……あ、ダメ……」

「ダメ、なにがだ？」

「気持ち、よすぎて……」

「そりゃ、よかった」

ぬるぬると滑るそれを、さらにいたぶられるように舐められる。

蜜が溢れて、水音が大きくなった。

「すごいな、いくらでも出てくる……」

「んっ……恥ずかし……」

「いいな、もっと恥ずかしがれよ。悦いなら悦いと言え」

舐められながら、ジークの指が奥まった、濡れ襞を割った。蜜をたっぷりたたえたそこは、やすやすと指を受け入れてしまう。

「呑み込まれそうだ、ひくひくしてる」

「……知らない」

「これならすぐに挿入れられそうだ」

ジークの声が熱を孕む。前より少しだけ性急に、指を増やされた。

「あっ……んんっ」

まとめた指に掻き回されると、この前は感じなかった悦楽を鋭く感じた。

「中で感じるようになってきたか？」

「んっ……わかんないけど、変」

「いいぞ、もっと感じるようになる」

今だって信じられないくらいなのに、これ以上とか考えられない。

だけど、そこをぐちゃぐちゃにされて、抜き挿しをされると、身体の中がむずむずしてくる。

「ジーク……」

「ああ、もう欲しいのか？」

「わかんない、わかんないけど、どうにか、して……」

「いいだろう」

にゅるりと、指が抜かれた。身体の中にぽっかりと穴が空いたみたい。

寂しい、満たしてほしい。

カチャカチャと、ジークがベルトを外す音がした。

「マリア……少しだけ身体を起こして」

「えっ……」

背中からすくい上げられるように、上半身を起こされ、ジークと向き合うようにされた。もの欲しげにひくひくと蠢く孔に熱いものが宛がわれる。

「これ……」

「さわってみるか?」

掠れた声がすごく色っぽい。

手を導かれ、握らされたそれは、熱くて、太くて、生き物みたいにひくひくしていた。

わたしは思わず、ごくりとツバを呑み込む。

欲望とか、まだ、よくわからないけど。

わたし、これが欲しいと思ってる。

ジークの手に誘導されるようにして、それを孔の入口に導いた。

きのこの笠のように先だけひらいて、丸みを帯びたそれが、ぬぷりと中に入り込む。

「そのまま腰を浮かせて、奥まで呑み込むんだ……」

「あ………」

前みたいな痛みはなかった。

ただ強烈にその存在を感じる。ジークが中に入ってくる。

「う……ん、あっ……気持ちいい」

先の笠の張ったところが、隧道を通るとき、ぞくぞくした。

ぐっと腰を落とすと、ずぶずぶと入っていく。

「はっ、あ……」

「そう、上手だ」

ジークが腰を支えてくれて、気が付くとわたしは、ジークのものを全部受け入れ、彼の膝の上に座り込んでいた。

「ああ……いいな」

ジークがうっとりした声で、私の腰を浮かせて、また落とす。

「ンっ……」

「いいだろう？」

わたしの顔を見ながら、また小刻みに揺すぶる。

「あっ、い、いい……」

「俺にしがみついて腰を揺するんだ。もっとよくなる」

ジークがわたしの手を背中に回させ、少し自分は後ろに倒れた。そのままお尻を掴んで大きく揺さぶってくる。わたしも恐る恐る腰を動かした。

「あっ……」

ジークの楔が、前とは違うところを抉って、目の前がチカチカした。

あまりにも刺激が強いのが恐くて、少し逃げようとすると、咎めるように腰を掴まれて、深く貫かれる。

「あああああっ……」

「はっ、……すごい締め付け」

綺麗に笑うジークの額に、光っている汗が凄く綺麗だ。

「ジーク……好き」

うっとりした声で言うと、さらに強く揺さぶられた。

そのまま、また背中を支えられて、ゆっくりとソファの座面に横たえられる。

片脚を高く持ち上げジークの肩にかけられて、深々と貫かれた。

「あぁっ……」

恥ずかしい格好にとまどう間もなく、激しく抜き挿しされる。

灼熱(しゃくねつ)の槍が、わたしの中をぎゅうぎゅうにいっぱいに入ってきて、いやらしく擦った。

「あっ……あっ……ふっ……ああ」

もう痛みなんか欠片もない。

ただただ、気持ちいい。

「マリア……一緒に達こう……」

うっとりと囁かれて、さらに腰を打ち付けられた。

「あっ……はっ……あ……」

ぐっぐっと突き上げられて、奥の奥、行き止まりになっている扉までが開きそうになる。

「あっ、ダメっ……ひぃん……」

嬌声（きょうせい）を上げながら、ぶしゅりと蜜を噴き出す。

同時にジークの雄が、膨れあがって弾けるのがわかった。

叩き付けられるように、内壁に射精された。

何度か腰を押しつけるようにして、最後まで出される。

「あ……ジークの……が……」

すごく満ち足りた気がした。わたしも腰をくねらせてそれを最後まで受け入れる。

彼に与えられるものは、何でも嬉しかった。

在学中はちょっと困るけど、子どもができても素敵だと思える。

薄目を開けて瞳に映る彼の顔も幸せそうで、それがとても嬉しかった。

笑いかけると、ジークも笑って、ひょいと抱き上げられ、立ちあがられた。

「ジーク？」

「ベッドがあるのに、性急だったな。今度はベッドでゆっくりしよう」

え……？

そんなこと、ありえないと思いながら、恐る恐る訊いてみる。

「それは、今度来たとき、ってことよ……ね？」

「まさか」

ジークは、意地悪そうに笑った。

「もう一、二度なら大丈夫だろう」

「えっ、ちょっと待って、わたし、もうふらふらで」

「君は寝たままでいいから」

「い、いやでも、それは……」

じたじたと暴れるわたしを、ジークはベッドに放り出し……。

結局、精も根も尽き果てるまでまた愛されてしまった。


翌日、いつもよりは大人しいけれど、クラウディアはちゃんと学校に行く道に立っていた。

よかった……。

「おはよう。動いても大丈夫なの？」

「おはよう。大丈夫。激しい運動は数日、避けるように言われたけど。昨日はありがとうね」

クラウディアがちょっと照れたように言う。

「でも……どうしたの？　やっぱりあれ」

「うん……わたし、あいつの声、聞いたみたいなんだ……」

クラウディアは語った。

——王太子は平民のおまえを物珍しがっているだけだ。すぐに飽きる。学院を出てしまえば、彼は他の高位貴族や王族と結婚するだろう……。

体育祭にも現れた黒い鳥のようなものが。明確にそんな声を発したというのだ。

「魔障だけではそんなはっきりした意思は作られないわ……」

「うん、あれは、居る……ね」

クラウディアはうなずいた。

魔障が濃く、強くなって形を取っているだけではない。

どこかに、魔障――〝特別な悪意〟と同化してしまい、世界の破滅を狙う人間が居るんだ。

魔王が……。

「あ、そっか、わたしも魔障に取り憑かれようとしてたんだ」

クラウディアは今、気付いたように言った。

「それはそうだろうね……」

恐ろしい。

ジークの代わりに、現代、最強の一人であり、魔王に対抗する唯一の手段に近いクラウディアが魔王化してしまったら。

それこそ世界の終わりかもしれない。

「さすがにそんなことはなかったけど、少しだけ、あいつの声に耳を傾けてしまって隙ができた」

クラウディアは悔しそうに言った。

「わたし、最初はそんなこと夢にも考えなかったのに……」

王太子の……レオン様と並び立つ未来を……。

クラウディアは顔をしかめた。

「それは、人を好きになったら当然だと思うわ」

わたしは静かに言った。

「それにそんなに途方もない話でもない……クラウディアはレオン様を、一時の遊びだけであなたをからかうような、そんな人だと思うの？」

物珍しがっているだけ……そんなはずはない。

どこまでも実直で、真面目な人だ。

そういえば、勝ち気タイプと一番、相性がいいのはレオン様だったなー。

そんな埒もないことまで思い出す。

クラウディアは、ちょっと考え込んで勢いよく首を振った。

「そもそもそんな人なら好きになってない……」

「そうね」

わたしも昨日思った。

ジークはわたしとは釣り合わない。結ばれないと言い聞かせてきたけど。

彼はそんな人じゃなかった。

ジークがわたしがいい、と言ってくれたんだから。

「昨日、好きだって言われたんだ……」

クラウディアは、ぽつりと言った。

「好きだ、おまえしか考えられない。だから、もっと自分を大事にしろって、手を握って」

ものすごい勢いで告白されたのだと言う。

「それなら、あなたも正直に答えなくっちゃ」

わたしは優しく声をかけた。

「でも……わたし、平民で……」

クラウディアは泣きそうになる。彼女のこんな心細そうな顔は正直、初めて見た。

「あなたの魔力は強いわ。この学院を出たら、きっと司祭になる。司祭には伯爵位が授けられるのよ」

「ほんと?」

「そう。その他に必要なことだって、一から学べばいいわ。わたしも友人を紹介してあげられる」

わたしはエリーゼを思い浮かべながら語りかける。

「レオン様には、この先、困難が訪れるわ。あなたの支えが必要なの」

わたしは確信を込めて言った。

そう。ジークはレオン様には恨みはない。混同はしない。

けれど、そのお母様の生家のことには、決着を付けるだろうから……。

わたしは、クラウディアにもできるかぎりのことを話そうと決めていた。

その夜のことだ。

わたしは、なかなか眠る気にならず、いろいろ考えていた。

魔瘴のこと、クラウディアとレオン様のこと、そして、ジークのこと……。

きっともうすぐ、大きな試練が待ち受けているけれど、乗り越えてみせる……。

そんなときだ。

部屋のバルコニーに繋がっているテラス窓を叩く音が聞こえる。

「ジーク⁉」

驚いたことに、ジークが、外に居て、手招きをした。

彼も部屋から出てきたような、シャツとトラウザーズ姿だ。

「どうしたの？」

「寝付けなくてね。ちょっと夜の散歩に行かないか？」

「散歩に？」

冬も近いというのに、まだ温かな日だった。大丈夫だというジークの手を取ると、彼はわたしと手を繋いだまま、うまくバランスを取って、空に浮かんだ。

風の魔法だ。

そういうことができる、というのは知っていたが、土でも精一杯なわたしには未知の世界だった。

しかも二人いっぺんに、とか、どれだけ凄いんだろう。

「お、落とさないよね」

「心外だな。落とすわけないだろう。そもそも君だって頑張れば自分一人ふわっと浮かせて衝撃をなくすことくらい……」

「わーわー聞こえません」

そんなことを話しながら、ジークは悠々と空を飛ぶ。

「昨日は君を抱くのに夢中で、あまり話をしなかったと思い出した」

「……あまり露骨なことを言わないで」

「どういえばいいんだ？　愛し合った？　それともまぐわ……」

「もうっ、言わなければいいの」

「嫌いかい？　俺は好きだから、ちょくちょくしたいけど」

「…………嫌いじゃないわ」

沢山、愛されて、まだ身体の奥がしびれているような気がする。

昨日とかこの前とか、いっぱいいっぱいで、必死だったけれど、ジークと誰よりも近くて、熱を分け合えるのは好きだ。

「だけど……やっぱり、学院は普通に卒業したいから……少し抑えてほしい」

昨日、終わった後、いろいろ反省したのだ。

「そうだな。俺が卒業するまではマリアに学校にいてほしいし」

「わたしが卒業するまで、待ってください!」

「わがままだな」

「どっちが!」

「まあ、心配しながらするのも本意ではないし、きちんと対策しつつ沢山しようか」

「……ほどほどにしておいて……」

考えようによってはかなり破廉恥なことを言われながら、わたしは夜の景色に見とれた。

空は一面の星。

遠くに、なにかのアクセサリーみたいな銀色の三日月が見えた。

「どこに行くの? ただの散歩?」

「目的地という目的地はないが、見せたいものがある」

そのまま、いろいろ話しながら飛んで、王都の端のあたりにきて、ジークは止まった。

私を抱きかかえるようにして、宙に立つような格好になって言う。

「ほら。なかなか良い景色だろう」

「わあ……」

わたしは思わず声を上げた。ジークの言うとおり、街の灯りがそこそこに揺れて、宝石箱をひっくり返したようになっていた。

「綺麗ね……」

「最近は平民でも日の光を蓄積して、二、三日灯りを点けたままくらいはできるからね。夜にも勉強しやすくなった。近いうちに、彼らももっと台頭してくるかもな」

「クラウディアもそうだったけど、中等教育をきちんと受けられない子がいるみたいだから、もっと学校は増やさないと、と思ったわ」

「なるほど、良い考えだ」

ジークはうなずく。

「最近は、迷うとこうやってこの景色を見にくるんだ。あの灯りの下、一つ一つに人が生きていると思うと、いろいろ考えるよ」

彼は静かに語った。

「この国はどうのこうの言ってよい国だ。もう長い間、戦争もしていないし、多少の問題はあっても、雨露をしのぐ家もなく、その日の食事も摂れないなんて者は少ない。このまま安定が続けば、もっとその数を減らすことはできるだろう。その平和を乱すのは本意じゃない」

「ジーク……」

「いろいろと手を回して調査を続けていた成果が実ったんだ。まとめた資料を王宮に提出したら、今のアッヘンバッハ公爵は、完全に牢獄行きだろう。王妃の生家ではあるので、取りつぶしにはならないだろうが、代替わりは必須だし、権力や領地もろもろ、大幅に削られることになる。母の名誉も……回復する」

わたしは、はっとした。では彼は……。

ジークは首を振った。

「上位貴族の勢力図が変わるから、しばらく混乱するだろう。王太子が二人だの、新たな王子が登場だのということになったら、絶対にもっと酷いことになる。俺はこのまま……エイゼン侯爵の次男でいようと思う」

「それって……」

この間、話しの途中だった問題の、ジークの結論だった。

彼はうなずいた。

「王妃になれなくて、がっかりしたか？」

「そんなわけないでしょ？　バカっ！」

わたしは彼の胸をはたく。

「おっと、乱暴にすると落ちるぞ」

「やっ……」

わざとぐらりと揺れて見せる彼に、わたしは必死にしがみつく。

ジークも、きゅうっと、強くわたしを抱きしめてきた。

「俺はどこにも行かない……だからマリアも離れるな」

「ジークが望んでくれるなら……」

「ああ、望む。……マリアが好きだ。愛している」

「ジークっ！」

今までにも近いことは言われて、理解はしていたけれど、はっきり言われたのは初めてだった。

嬉しすぎて、また涙がこぼれてしまう。

「また泣いてるのか」

「ジークが泣かせるんだからっ」

「わかった、わかった、それで、返事は?」

「わたしは何度も好きって言ってくれなかったくせに」

「そうだったか? 一、二度は言った気がしたけどな……けれど、今、聞きたい」

すっと真顔になったジークに見つめられて、逃げることはできなかった。

わたしは耳元を赤く染めて、初めて彼に、愛してます、と告げた。


夜遅くに空中散歩などしてしまったので、翌日はギリギリまで眠っていた。

ジェシカも、あまりにわたしが、ぐっすり寝ているので気を遣ってくれたらしい。

これ以上だと授業に遅刻するギリギリに起こされて、わたしは慌てて学校に急いだ。

クラウディアからも、「先に行ってる!」と伝令が送られてきて、焦る気持ちが半端ない。

「もうっ……わたしも飛べたらいいのに!」

わたしはそう言いながら、学院への道を走る。

なんとかギリギリに学院の門に滑り込んだとき、わたしは違和感を覚えた。

学内がシン、と静まって、空気が張り詰めているのだ。

手前にある教室には誰もおらず、体育館の入口に多くの人がたむろしていた。

「なにがあった、の……？」

わたしが理由を知ろうと体育館のあたりにいくと、エリーゼがわたしを認めて、大きな声を出した。

「マリア！　早くいらっしゃい！　すみません、この子、通していただけますか、関係者なんです」

ざわざわとざわめきが蠢き、何人かがちらりとわたしの顔を見て、なんとか隙間を作ってくれた。エリーゼもわたしを先導するような形で前に出る。

「ジーク……？」

わたしはあっけにとられた。

体育館の真ん中に、ジークとレオン様が向き合っている。二人とも制服姿だけれど、手には、ナーセリストという競技に使う、先を潰した剣を持っていた。

前世でいうフェンシングのような競技だ。

「あっ、マリア」

前の方にいたクラウディアが近付いたわたしに気付いて場所を空けてくれる。レオン様の取り巻きの騎士達もいるようだ。

「これは、どういうことなの……？」

「レオンがね、なんか生徒会長に決闘を申し込んだみたいで」

クラウディアが言う。

「セイラム先生が、校内の決闘は許可できないからこれにしろって言って」

よく見ると、セイラム先生も審判の位置に立っている。


「ジークハルト様が、王太子殿下のご実家の不正を暴かれたらしいのよ」

「まあ、アッヘンバッハ公の⁉　飛ぶ鳥を落とす勢いでしたのに」

「だからこそ、ではないの？　なんでも動かぬ証拠を、いくつも慎重に集められたとか」

「先の王妃様が、投獄されたのが冤罪でアッヘンバッハ公が糸を引いていたとも……」


周囲から、途切れ途切れに噂話が聞こえてきて、わたしは状況を把握した。

ジークが昨夜言っていたことを早々に実行したのだ。彼も一緒に夜更かししたはずなのに、タフというか……。

それとも書類の提出自体はあのとき既にしてあったのかも。

レオン様はそのことに腹をたてて？　けれども証拠もある、れっきとした罪の告発に異議を申し立てるような人だったろうか。

わたしは、昨夜、ジークがわたしに話したことを思い返した。彼は王子と名乗ることはしないと言っていた。国の混乱を防ぐために。そして王になるため育てられたレオン様のために。

それなのに？

わたしの自問自答にクラウディアが違うよと呟いた。

「レオンは生徒会長に王位を継いでほしいんだ」

アッヘンバッハ公――彼の祖父の罪を知ってから。

第一王位継承権を正当な持ち主であるジークのもとに返した上で、自分は放棄したいと。

「ジークはそのつもりはないのよ……」

わたしが小さな声で彼のつもりを伝えると、クラウディアは肩をすくめた。

「だからこういうことになっているのだと思う」

レオン様が勝ったらレオン様の願いをかなえる。

ジークが勝てばそれを退ける。

「そんな……」

わたしは改めて向き合う二人に目をやった。

ジークはどこにもいかないと行ったのに。

審判の合図で礼をとると二人は激しく打ち合いを始めた。

レオン様は武人らしいところがある人で、得意ももちろん剣だ。

ジークは……知らないけれど、わりとなんでもできる人だから。

「手加減はできない」

「誰に向かってものを言ってるんだい？」

レオン様が挑戦的に言うと、ジークも負けじと応じた。

気合いを入れてうちかかるレオン様を軽くいなして、ジークは身をかわしては相手の隙を突く。

レオン様もギリギリのところでかわして、さらに打ちかかる。

カンカンと、打ち合う音が体育館になりひびいた。

勢いのある猛攻をするレオン様の方が、一見、優勢に見えるが、ジークの方がまだ余裕がある。

わたしは両手を祈るように組んで握りしめ、それを見ていた。

ジークに勝ってほしい。けれど、レオン様との仲が、これ以上、険悪になってほしくもない。

「いっけー。そこだっ！」

わたしの内心はおかまいなく、クラウディアは興奮したように手を振ってレオン様を応援している。

周りの生徒もざわめきながらも、少しずつレオン様びいきと、ジークびいきで別れて声をあげ始める。

息も止まらぬ攻防が、目の前で繰り広げられた。

それはいったい、どのくらいの時間だっただろう。

ついにカン、と澄み切った音がして、ジークがレオン様の剣をはじき飛ばした。

「くっ」

手を打たれたのか、右手を押さえたレオン様はがっくりと片膝を突く。

ジークは、息を弾ませながらも、その喉元に剣を突きつけた。

「そこまで！　勝負あり」

セイラム先生の声が響いた。どよめきと溜息が聞こえる。

「負けた……完敗だ」

レオン様が、悔しげに呟く。

ジークは息を弾ませて、彼を見下ろした。

「約束だな。悪いが俺のことは墓場まで持っていってくれ」

「約束だから守らないわけにはいかない。しかしなぜ……」

「その方が国のためだと判断したからだ」

きっぱり言うジークに、レオン様は痛そうな顔をした。

いきなり王太子が二人になれば、必ず国は混乱する。レオン様だってわかっているはずだ。

それでも、祖父が犯した罪と、ジークが継ぐべきだという思いに堪えられなかったのかもしれない。

「もしも俺に悪いと思う気持ちがあるなら。立派な王になってください。殿下」

ジークは凜とした通る声で言った。

「それがあなたの義務です。あなたが義務を果たそうとする限り、あなたの周囲も、俺も全力で支えるでしょう」

「ジークハルト……殿」

「呼び捨てでけっこうですよ」

レオン様の顔が泣きそうに歪んだ。

あにうえ。そう呼びかけたいように口が動いたのは気のせいだろうか。

ジークが一瞬だけ、辛そうに目を細め、平静な顔に戻って、レオン様に手を差し出した。レオン様はその手に捕まって立ちあがる。

パチパチパチ。

クラウディアがなにを思ったのか拍手を始めた。

わたしも彼女に続いて手を叩くと、伝染するように拍手の輪が、その場にいる人達に広がり始めた。

拍手はさざ波のように遠くの端っこの方にまで届いて、いつまでもいつまでも響いていた。

その後、ジークとレオン様は、二人きりになって、長い長い話をしたという。

ジークは二人きりのときだけ、レオン様に兄と呼ぶのを許した。

そして、勝負のときに言ったように、全力で支えてやるから、頑張れと言ったそうだ。

レオン様は泣いてしまったとか。


――手の掛かる、図体（ずうたい）の大きな弟ができたよ。

ジークは、後でわたしにそう言ったけれど、その顔は晴れやかで嬉しそうだった。

ジークとレオン様が和解して手を取り合った。

それでわたしも気が緩んでいたのかもしれない。これでなにもかも大丈夫だ……と。

レオン様と話をすると言うクラウディアと別れ、前に導いてくれたエリーゼに御礼を言って、わたしは、教室に向かうべく、歩いていた。

もう一時間目の開始時間はすぎていたけど、みな、あそこに居たし、先生も居たから大丈夫だろう。たぶん。

呑気に考えていたわたしは、後ろに近付いてきた影にまったく気付かなかった。

突然、羽交い締めにされ、布を口に当てられて、心臓が潰れそうなほど驚く。

「んん――っ」

思わず暴れたが、自分を拘束している相手は微動だにしなかった。

怪しい呪文を呟かれて、急速に意識が遠くなった。


気がついたときは、薄暗い納屋のようなところに縛られて寝かされていた。

手と脚を固く拘束され、口にはテープのようなものを貼られている。

な、に……なにが起こったの?

じたばたしても拘束は緩まなかった。あせって周りを見回すと、もう一人誰か縛られて倒れているのがわかった。そして目の前に立っている姿も。

学院の制服……女生徒だ。

マチルダ⁉

伯爵令嬢のマチルダだ。彼女は虚(うつ)ろな目で、わたしを見下ろしていた。

魔瘴にやられているのだとわかる。

ただ、それほど大きな力は感じなかった。

たぶん、〝特別な悪意〟じゃない、その部下かなにかだ。

元凶を倒したら、元に戻るかしら……。

好きな相手ではないが、知っている顔が闇堕ちするのは気分がよくない。

「その女を操るのは簡単だったよ、おまえへのドス黒い嫉妬でいっぱいだったからね。アッヘンバッハ公爵とやらにも相手にされなくて他の候補を立てられたのが、よほど悔しかったらしい」

高笑いしながら、黒いドレスで、艶々した黒く長い髪の、妖艶な美女が現れた。

あれは……ニグレド⁉

わたしは危機感と安心感を同時に覚える。

彼女はレオンハルトルートが開けたあとで出てくる真ルートにのみ出てくる、いわゆる最後のラスボスだ。

ジークを筆頭に学院の誰かが魔王化するのとは違い、彼女は魔瘴そのものと化しているような存在。つまりここで彼女が出てくるということは、知っている学院の誰かが魔王化はしないということ。

それはいいのだけど、彼女は強い。古くから生きる、強大で邪悪な魔女で、ジークよりもレオン様よりもステータスは上。

倒すには全ルートの攻略キャラと、クラウディアの力が要る。

この姿も本来の姿じゃない。本来は……。

ニグレドはつかつかと歩いてきて、わたしの胸を掴(つか)み上げ、バシッと頬を張った。

痛い……。

「なんなんだ。おまえは。何も力もない癖に。邪魔ばかりして」

ニグレドはわたしの身体を持ち上げ、睨(にら)み付けた。すごい力だ。

負けるもんか。

にらみ返すと、もう一度、反対側の頬を張られる。

だから痛いってば。

唇が切れたみたい。口の中に血の味が広がる。

「うっ……」

わたしはボロ雑巾のように、床に放り出された。

女はふんと鼻を鳴らして、わたしを見下ろした。

「すぐには殺さないよ。ジークハルトが絶望に沈むように、あいつの目の前で、惨(むご)たらしく殺してやる。ああ、でもならず者たちの慰みものにするのもいいね。楽しみにしておいで」

ニグレドはそう吐き捨てるように言って、マチルダを連れて部屋を出ていった。

これから、どうしよう。

わたしはぐったりと目をつぶって背後の気配を探っていた。

かさかさという音がして目を開ける。チュウチュウと、カン高い声が聞こえたかと思うと、ちょろちょろと小さな影が、走り抜けていった。

ネズ……ミ？

わたしは朦朧（もうろう）としながらも、魔法が使えないか試みた。身体が重い。

「あ、無理はしない方がいい、ここで無理に魔法を使うと、生命力が削れるからね」

静かに声がかかった。一緒に縛られて転がされていた人物だ。

だ……れ？

「初めまして。こんなところで挨拶する羽目になるのは予定外だったが」

——予知っていっても、一〇〇%なんでもわかるわけじゃないからねえ。

暗がりに目が慣れてきて、その人の姿もだんだん見えてきた。

四十代くらいの優しそうな男の人だ。罅（ひび）の入ったメガネを掛け、金褐色のウェーブの髪を後ろで小さくゴムでくくっている。

予知能力があって、そんな容姿の人の話をどこかで聞いたような？

もしかして……ローラント先生？

「正解だよ、マリア嬢」

わたしの心を読み取ったのか、彼は、安心させるように笑った。

「君が生きていてくれたから、なにもかもうまくいってたんだが、最後で油断が出ちゃったね。魔障関係はこれが厄介だ。まあ最善の結果に繋がっているともいえるから、これがふんばりどころか……」

わたしが？

言葉の出せないわたしに気付いたらしい。彼はちっちっと舌うちをして、先ほどからうろうろしているネズミを二、三匹呼び寄せた。それに手足の縄を嚙（かじ）らせ始める。

「いたた……変なところまで嚙らないでほしいな」

ローラント先生はおどけたような口で言いつつ、縄がいい具合に弱まったところで、力を込めてそれをちぎった。

ネズミは散り散りになって逃げていく。

そのまま身体を起こし、ローラント先生は、まずわたしの口のテープを剝（は）ぎ取（と）ってくれた。

「ぷはっ……助かった。ありがとうございます」

「どういたしまして」

そう良いながら、魔女が傍にいる。助けにももう少しかかるし、話でもしようか」

「まだ、魔女が傍にいる。助けにももう少しかかるし、話でもしようか」

先生はにこりと笑って、あぐらを組んだ。

わたしも正座を崩した形で、彼と向き合った。

縛られた箇所がひりひりするが、魔法はあまり使えないいんだっけ。

「そう。ここは魔知らずの森の一角だからね」

「魔知らずの森！」

そういえばそうだった。ラストイベントはここだった。

ニグレドは魔瘴生物だからここでも平気だけど、他の者は魔法に制限がかかって大変なことになる。

「そうだねえ。森の外までおびき出せればいいんだけど」

うっ、やっぱり。さっきから頭の中を読まれているみたい。

「ああ、ごめんね。ここにいると、魔力を制限して人の心を読まないようにするのが難しいんだ」

あああぁ、大正解でした！

「いえっ、そんな……むしろお見苦しい？　お聞き苦しいことをお聞かせして……」

「気にしないで。君はずいぶん純粋できれいな方だよ。目を背けたくなるようなドス黒い思考の者もいるけど、もう慣れたかな」

司祭様だものね……。

わたしは開き直ることにした。

「まだ、時間ありますか？」

「そうだね、もう少し。どのみち魔女は、ジークの前で僕らをいたぶって殺すのが目的だから彼らが近付くまでは安心だよ」

「それ安心していいのかしら……」

「みんな揃うから、なんとかなるでしょう。イレギュラーだけど僕もいるし」

ローラント先生はゆったり言った。

予知能力のAクラスってみんなこんなこんな感じなのかしら……。

いろいろ見えてしまってこの世が楽しくないとか?

「いや、それはないかな。普段はクラウディアよりも厳しいリングを付けて封じてるし。君みたいな例外がでてきて面白いし」

「わたし、ですか……?」

わたしは目を丸くした。

「わたしはただのモブですけど……」

あはは、とローラント先生が笑った。

なんだろう。身体をよじって、すごく爆笑されてる。

「そ、そうだね、君はそう思ってたんだ。まずそれが根本的に間違ってるなあ……あのゲームのせいだね」

「ゲーム!?」

ゲームを知っているの？　もしかして先生も転生者!?

「ああ違う違う」

ローラント先生は手を振った。

「僕も君も転生したわけではないし、彼女もそうじゃないなあ……僕らは強度の違いはあるけれど、夢見（ゆめみ）、だよ」

「夢見？」

「そう、夢で違う世界のことを垣間見る人種。それはこの世界の未来だったり、あちらの世界で起こることだったりする。僕らの世界ではまあ、時々は僕らみたいなのが生まれるし、知られてるけど、彼女はちょっと特別だね。あちらの世界の人なんだから」

彼女？

「そう。君が見た、というか体験した？　ゲームの作り手。彼女はあっちの世界の人で、こっちのことを夢で見たんだよ。そして作ったゲームが、君の知っているゲーム。創世のクラウディア」

「あ……」

そう言われると、いろいろなことが繋がる気がした。

「もしかして、その彼女も、全てを見たわけではない……？」

先生はうなずいた。

「そのとおり。そもそも彼女は予知したとも思ってないんじゃないかな。アイディアが降ってくる、とか天啓、みたいな感じで、すごい世界観を思いついたって」

「ああ……なるほど」

そう思えばすごくわかる。

「うん、君が考えているとおりだよ。彼女は、その、乙女ゲーム？ ゲームの主役がいろいろな相手と恋愛できるように、いろいろと世界を変えている。この世界がそのシナリオと違うのは当たり前だ」

「もしかして、クラウディアは……」

「そうだね、本当ならどういう分岐を辿っても、彼女はレオンハルトとしか恋愛しない」

「はあ……」

どうりでジークと出会っても、なんにも起こらなかったわけだ。

二人を引っ付けようと苦労したのはなんだったのかしら。

知らなかったのだから仕方ないけど。

「そして、一番、大きな改竄が君の存在だよ」

「わたし……？」

ダメな生徒を可愛がるような目でわたしを見ながら、ローラント先生は厳かに告げた。

「ジークハルトが魔瘴に犯されて闇堕ちするのは、自分の出生の秘密を知ったからなんかじゃない。自分の目の前で、婚約者の君を殺されたからだ」

「え……？」

「僕も可能性の高い未来としてそれを見ていたから、彼女もそれを見たんだろう。だけど、君が夢見たことでそれが変わったんだ」

夢見……前世というか、向こうの世界のことを見たせい？

「生きててくれてよかったよ。本当に」

ローラント先生は、大きく息を吐いて説明してくれた。

運命の分岐は、温泉旅行だった。

わたしが前世の記憶――ローラント先生によると、違う世界の誰かの意識と同化して追体験しただけだというけれど――に目覚め、月の障りの周期を鑑みて行くことを諦めた温泉旅行。

本来ならそこでわたしは殺されていたという。

月の障り中は、予知も働かないし、魔法もろくに使えない。

ニグレドに狙われたわたしはひとたまりもなかった。

ジークは自分が付いていないながらわたしをそんな目に遭わせたことに絶望し、世界を呪い、その結果、彼の出自を利用しようとする人の企(たくら)みに利用されるのだ。

「恋愛ゲームとしては婚約者を亡くしたせいで闇堕ち、なんてキャラクターでは人気が出ないからね。むしろ、設定として美味しい消された王子の方を採用したんだろう」

「なるほど……って、先生、詳しいですね」

設定だの、美味しいだの……。

ローラント先生は肩をすくめた。

「情念が籠もっているからかなあ。あちらの世界を垣間見るときには、それ関係、よく見えてしまうんだよ。実はかなりくわしい」

――もっとも君も相当毒されているみたいだけど。

確かに。別人の記憶なんだと言われても、染みついた萌え用語とか概念とかはぴったり身についてしまってピンと来ない。

ジークというと、推しっていうくらい、イコールになっちゃってるしなあ。

あちらの世界でいう〝適性〟があったのかもしれないけど。

「まあ、そのおかげで君が生き延びて、未来が開けたんだからいいとしようか」

先生は笑って立ちあがると、ガラクタの陰においてあったらしい鉄棒をひっつかんだ。

「あと少しだ。頑張れ！」

そしてすごい勢いで、扉に殴りかかって、ぶち破った。

い、いきなりですか？

そういえば、ジークもローラント先生はちょっとイイ性格をしている、という類のことを言っていたような。

「君の感覚に従って行けば、ジークハルトに出会えるだろう。全力で走るんだね。全力ならたぶん間に合う」

た、たぶん？

「確実な未来なんて存在しないんだ。死にものぐるいで走れば大丈夫」

「ひぃっ」

それにも、〝たぶん〟って付いてるんですよね！

わたしは、突っ込む間もなく、ひたすら森の中を走り抜けた。

あ、ここ、なんか見たことある。前、ジークが池のへビみたいな魔物を倒したところだ。

と、いうことは入口はそんなに遠くない！

勢いこんで走り出したけど、その瞬間、背中にざわりと、悪寒が走った。

「お前えええっ！　どうやって逃げた」

ニグレドだ。一見、美人な外見だったのに、髪を振り乱して目を輝かせた姿は鬼のようだ。

「きゃあああっ」

わたしは悲鳴を上げて、さらに走った。

視界の端にちかりと光る存在が見える。

ジークだ！　方向合ってたみたい。わたし、グッジョブ！

彼は馬に乗っていた。わたしを見つけたのか全力で走ってくる。

「ジーク！」

魔女の手が今にもわたしを掴みそうになったときだ。

ジークが隠し持っていたらしい拳銃でニグレドの腕を撃った。

青い光が輝く、前使ったライフルみたいに魔力が込めてあるみたい。

魔女の手が手首の先から吹っ飛んだ。

「ぎゃあああああ」

魔女はちぎれた片腕を押さえて、地を転げ回った。

「マリア、来いっ！」

ジークハルトの手に捕まると、軽々と引っ張り上げられて、彼の前に乗せられた。

彼がぎゅっとわたしを抱きしめるようにして、手綱をとる。

「スピード上げるぞ。口を噤んで、しっかり捕まっておけ」

馬が高い嘶きを上げた。ぐん、と風圧がかかってすごい勢いで駆け出す。

周りの景色が映画の早回しのようにどんどん変わって、前方に光が見えた。

もうちょっと！

そう思った、次の瞬間、馬は開けた場所に辿り着いていた。

湖、の傍みたい。綺麗に輝く湖水が見える。

「森を出た……の？」

「ああ、よく頑張った」

ジークは言うが、声はまだ緊張したままだ。

「マリアっ！　生徒会長っ！」

クラウディアが、レオン様達を引きつれて走ってきた。

後ろにセイラム先生も見える。

よかった。攻略キャラがみんな揃ってる。

わたしがほっとしたときだ。

背中にちりちりと、恐い気配がした。

「おのれ……おのれ、おのれ、おのれぇぇぇ！」

ニグレドが先ほどの鬼の形相で、ちぎれた片手を押さえながら、追ってきていた。

ふしゅううう、となにか音を立てていて、身体中から黒い煙が噴き上がってみえる。

「ユルサナイ」

魔女が、錆び付いたような、耳障りの悪い声を出した。

「ユルサナイ。オマエラ、ミンナ、コロシテヤルッ!」

ぶわりと。

ニグレドの姿が、突然膨れ上がって見えた。

マンガならドロドロと効果音が書かれているような感じ。

気持ちの悪い瘴気を避けるように、みな、手で身体を庇う。

「あ、あれは……」

レオン様の取り巻きの誰かが、指差した。

指の先にいるのは、上空で雄叫びを上げる黒い龍だった。

ジークが作るヤツとは違う、西洋風のずんぐりした腹部のドラゴン。

ニグレドの本体だ。

ドラゴンは、ランランと目を輝かせて、こちらに向かって、黒い炎を吐いた。

ジークが氷の障壁を作ってそれを避ける。

「まずいぞ、王都の方に行かせるな!」

レオン様が叫んだ。

「捕縛系の術が使えるものは、みんな使え！」

彼がまず、氷の龍でドラゴンを縛った。

ドラゴンは、一時的にそれで縛られたけれど、だんだん、龍を千切るようにして、動きを増してくる。

「滅せよ！」

クラウディアが光の矢を放ってドラゴンを貫き、ユーリ、ミヒャエル、ギュンターの三人が力を合わせて三属性で網を作った。

その上に被せるように、セイラム先生が水の鎖をかける。

セイラム先生、水だったのね……。

ものすごい勢いで繰り広げる最高峰の魔力勝負に、わたしは息を呑んで見守るしかない。

御願い、あと少しだから。

わたしは手を組み合わせて、祈りを捧げた。

「足止めはしばらくできた。レオンハルト、一緒にダメージを与えるぞ」

「は、はいっ！」

ジークに声をかけられて、レオン様が興奮したように応じた。

氷炎と火が、拮抗する勢いで、ドラゴンを燃やす。

「コォオオオォ」

ドラゴンは、青色と紅色の炎に焼かれて、少し輪郭が崩れてきた。

そのときだ。

「ははあ。皆さん、頑張っていらっしゃいますね」

「ローラント先生！」

「ローラント！」

息を切らしながら、先生が現れた。

嬉しそうなクラウディアと、ちょっと複雑そうなジークが対照的だ。

「やはり、皆さんが揃うと強いですね……ただ破壊するだけでは、〝特別な悪意〟は倒せない。教えましたね、クラウディア」

「はい」

「ではやりましょうか。王太子殿下も彼女を娶りたいのなら覚えておくように」

ローラント先生とクラウディアが一緒に懐から杖を出す。

クラウディアが、目を伏せて、呪文を唱えた。

先生もそれに合わせる。

「輪廻する魔力の渦、滅びゆく古の魔歌　ただ許せただ流せただ回れ　いつの日かすべてに救いと終わりをもたらすことを約定せよ　出でよ創世の光　始まりでもあり終わりでもあるもの」

ああ……。

呪文を唱えるクラウディアと先生の、全身がほのかに光り輝いている。

髪が風を孕んだようにふわりと膨らみ、熱気が突然、爆発的に高まった。

「『フィーアト・ルクス！』」

クラウディアとローラント先生の杖から光が放たれて、ドラゴンを包み込んだ。

すべてのものが無音だった。

ドラゴンの動きが止まり、全身が真っ白に染まった。

カッと光が増し、一瞬ののちに、さらさらと砂が崩れるように、ドラゴンが消滅した。

「やった、のか……？」

レオン様が、呆然と呟いた。

「そうですねえ……今回の危機は去ったとみていいでしょう」

ローラント先生がのんびりと言った。

「魔瘴はいってみれば、僕たちが使う魔方の残りカスといいますか、憎悪や恨み、後悔が降り積もって大きな悪意になるから、定期的に払うしかないんですよね」

「なるほど。ところでそれが分かっていて、おまえが間抜けに敵に捕らわれていたわけと、マリアが一人で逃げていて、危うく敵に害されかけた理由を知りたいんだが？」

「予知が全然利かないときはあるんですよ。その暗黒スポットみたいなのを狙われたわけで！あとマリアさんのときは冴え渡っていて、ああすると最短で討伐できるってわかったんです」

「最短……」

ジークは怒気を滲ませていった。

「最短、というからには時間がかかるが、もっと安全にできるパターンもあったんじゃないか？」

「はあ、まあ……でも最短でもそこまで危なくなかったですよ」

「俺が来るのが、一分でも遅かったら」

「いやでも、怪我くらいはするかもですが、死ぬような危険はなかったです」

「ふざけるな！」

ローラント先生とジークが、侃々諤々と言い合いを始める。

「はあ……意外に仲良かったんだね、あの二人」

クラウディアが呑気に言う。

「そう？」

仲良いというには、険悪な感じが度を過ぎている気もするけど。

ジークが恩があると言いながら、なんだか複雑な顔をしていたのがよくわかる。

「羨ましい。俺も兄上と、あんなふうにぽんぽん言い合いたい」

レオン様が遠い目をして言う。

「それは……あまり遠い未来ではない気がしますが」

レオン様もクラウディアと気が合うだけあって、かなりの脳筋だ。

ジークが堪忍袋の緒を切って、説教を始める日は近い気がする。

わたしはニグレドが消え去った空を見上げた。

遠い未来のことはわからない。けれど明日は明るい気がした。

みんながきっと笑い合える。

その後。

マチルダは、森の中で倒れているのが見つかって、わたしが治癒をかけ、クラウディアが光を注ぎ込んだら、間もなく正常に目を覚ました。

操られているときのことは覚えていないようで、さほど感謝も反省もなかったけど、まあ元気なのでいいか。


クラウディアは司祭の称号を得て、伯爵位を授与された。

〝特別な悪意〟を倒したので国民の覚えもめでたく、レオン様と結婚することになっても大方の賛成は得られそうだ。目下、エリーゼと仲良くして礼儀作法の特訓中。


わたしはと言えば、ジークとの婚約を発表したので、一時的にやっかみや苛めが増えた。

慣れているので放っていたら、額に青筋立てたジークが一日で一掃してくれたので現在、平穏。

平穏すぎて、若干、退屈だけど……。

わたしは例の裏生徒会室みたいなところで、わたしの膝を枕にして寝ているジークを見下ろした。

彼が、幸せそうなので良しとしよう。

なべて世はこともなし。

終章　推しを一生、愛し続けることを誓います

そして三年余りの月日がすぎ……。

わたしの魔法学院卒業を待って、ジークと結婚することになった。

まあジークがわたしが傍にいないとうるさいので、彼の卒業後はすでに、彼の家に通い妻状態というか半分同棲してたけど！

今日から正式な奥さんになる。

ジークのこだわりで選ばれた、白く裾を引きずるドレスにベールを被ったわたしは、お父様に手を引かれて、バージンロードを歩く。

レオン様と正式に婚約したクラウディアや当のレオン様、エリーゼやアンスリアも参列席に見える。

お天気は晴天で風も気持ちよく、素晴らしい結婚日和だった。

幸せだ。

祭壇の前には、黒の礼装をまとったジークが居た。

銀色の髪に映えて、いつにもましてキラキラしい。

「ようやく、俺のものになる覚悟が決まったか?」

対面してベールを上げると、ジークがわたしの目を覗き込んで、ニヤリと笑った。

「あなたに一生付き合えるのは、私くらいかなって思ったので」

推しは永遠に推しだけれども。

内心で呟きながらもわたしは言う。

「一緒に幸せになりましょう」

「上等だ」

皆が見守る中で、愛する人のキスを受けながらわたしは思った。

この人を、一生、愛することを誓います。

あとがき

初めまして。あるいはお久しぶりです。水嶋凜です。

このたびは、『乙女ゲームのモブに転生したので全力で推しを応援します！ 蕩けるキスは誰のもの？』を手に取っていただき、ありがとうございます。

著者、初めての大きなサイズの本になります。

投稿サイト等でよくみる、「乙女ゲームの世界に転生しちゃった」というアイディアが面白いなーと思っていたら、なにやら依頼いただけたのでそのまま書いてしまいました。

女の子の一人称に、たまーに男の一人称が交じるやつも憧れだったのでついでに。

いろいろ新しい試みがあって、面白かったです。

ヒーローのジークハルトは、基本は真面目で誠実だし、仕事熱心ないいヤツですが、自分に自信があって、たいがいのことは思い通りになるので、俺様です。

巷の通り名が〝美しすぎるジャイアン〟ってのはいいえて妙だと思ったのですが、あまり使えなかった残念。

ヒロインのマリアが、彼のことが最推しで大好きなので、あまり俺様っぽくないですが、子育てとかいろいろごちゃごちゃした問題が出てきたら、一度くらい派手なケンカをすることでしょう。

どうのこうの言って、ジークハルトもマリアのことが大好きなので、意外に彼が必死で謝る展開になるかもです。

今回もまた締切を延々とぶっちぎってしまい、担当さんとイラストさんには多大な迷惑をかけました。少ない本文でこれ以上ないほど素敵なイラストを描いていただいたｙｏｓ様。本当にありがとうございました。

ジークハルトが格好いい、マリアも可愛いのでめっちゃ想像が膨らみました。

初めてのえっちと体育祭と空中散歩のシーンがお気に入りです。

編集さんと版元さんにはいつもごめんなさい。

最後にこの本を手に取ってくださり、目を通していただいた方々、特にお買い上げいただいた方々、ありがとうございました！

少しでも楽しんでいただければ幸いです。

また機会がありましたら、どうぞよろしくお願いいたします。

水嶋凜

年下王子は最凶魔術師
世界征服より
溺愛花嫁と甘い蜜月ですか

Novel 白石まと　Illustration ことね壱花

四六版 定価：本体1300円＋税

婚約者を略奪されたら、
腹黒策士に
熱烈に求愛されています!!

Novel クレイン　Illustration すらだまみ

四六版 定価：本体1300円＋税

蜜猫 novelsをお買い上げいただきありがとうございます。
この作品を読んでのご意見・ご感想をお聞かせください。
あて先は下記の通りです。

〒102-0072　東京都千代田区飯田橋 2-7-3
(株)竹書房　蜜猫 novels 編集部
水嶋凜先生 / yos 先生

乙女ゲームのモブに転生したので全力で推しを応援します！ ～蕩けるキスは誰のもの？～

2019年11月18日　初版第1刷発行

著　者　水嶋凜　©MIZUSHIMA Rin 2019

発行者　後藤明信

発行所　株式会社竹書房
〒102-0072 東京都千代田区飯田橋 2-7-3
電話　03(3264)1576(代表)
　　　03(3234)6245(編集部)

デザイン　antenna

印刷所　中央精版印刷株式会社

Printed in JAPAN
ISBN978-4-8019-2071-2　C0093